漱石の「こゝろ」を読む

佐々木 雅發

翰林書房

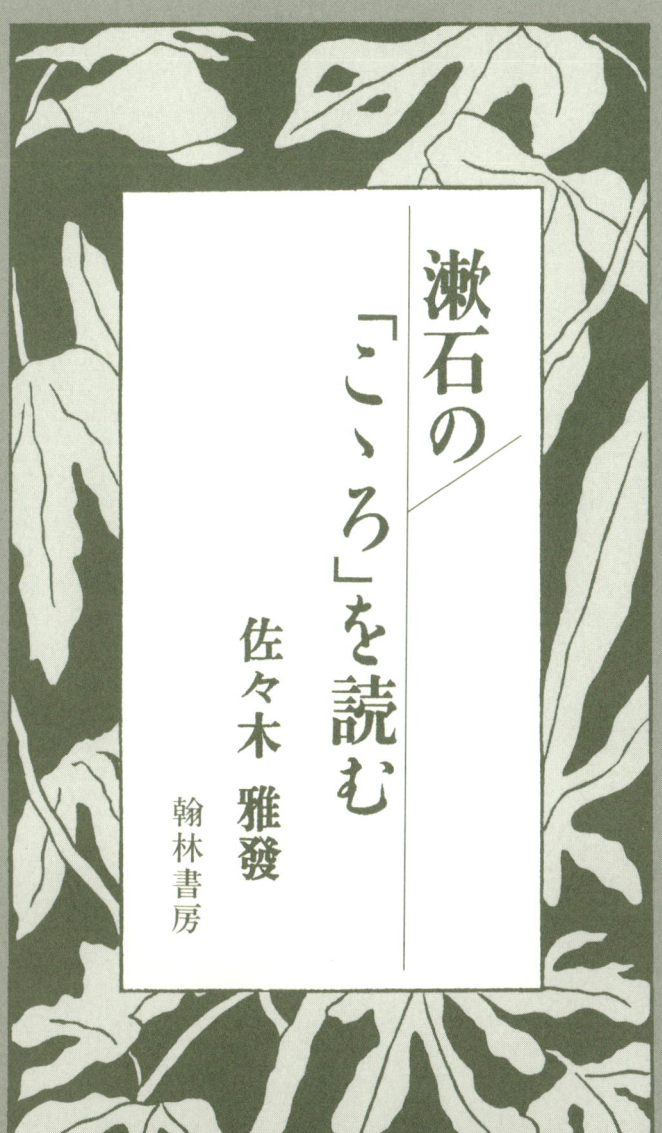

もくじ

父親の死

「こゝろ」の中心からは、泌み入るような静けさが聞こえてくる。[*1] 人の生き死んでゆく、その黙々たる往還の響きが――。

だが無論、その静寂は直接に聞こえはしない。苛立たしいまでの喧騒の直中に、ふと聞こえ、しかしまた、たちまちにそれは消えてゆくのだ。

《私は稍ともすると机にもたれて仮寐《うたゝね》をした。時にはわざ〳〵枕さへ出して本式に昼寐を貪ぼる事もあつた。眼が覚めると、蟬の声を聞いた。うつゝから続いてゐるやうな其声は、急に八釜しく耳の底を掻き乱した。私は凝とそれを聞きながら、時に悲しい思を胸に抱いた。》(中ノ四)

丁度、この蟬時雨の後ろから、夢のように近づき遠ざかる静寂のように――。

そしてまた、その容易には聞きとりがたい静けさへの〈時に悲しい思〉に、おそらく、「こゝろ」一篇の抒情は託されているといえよう。

＊1 「こゝろ」は大正三年四月二十日から八月十一日まで「先生の遺書」の題のもとに「朝日新聞」に百十回にわたって連載され、同年九月、岩波書店より出版された。その際「先生の遺書」の全体を上中下に区切り、それぞれ「先生と私」「両親と私」「先生と遺書」の章名が付された。

ところで、先生が父母の遺産を叔父に横領され、深い人間不信に陥ってゆく経緯、さらに親友と恋人を争い、親友を裏切って結婚した結果、激しい自己不信に陥ってゆく経緯を、いまさら辿り直す必要はあるまい。それはいかにも巧妙如実に描かれており、ほとんど人間の、後手後手を踏んで生きてゆく原型を示しているといえる。だがそうだとしても、先生はなぜ自殺したのか。それは（あるいはそれだけは）すこぶる曖昧であり、以下いささかこだわってみざるをえないのだ。

さて、Kが自殺したとき、先生は目の当たり自らの醜悪さを知らなければならなかった。先生は言う。〈私はたゞ人間の罪といふものを深く感じたのです〉（下ノ五十四）と。そしてその〈罪滅し〉（同）のために、先生は〈人から鞭たれたい〉（同）と感じ、さらに〈人に鞭たれるよりも、自分で自分を鞭つ可きだ〉（同）、いや〈自分で自分を鞭つよりも、自分で自分を殺すべきだ〉（同）と考えるようになったのである。

だが先生はこの時、まだ本当に自殺を決意したわけではない。〈私だけが居なくなつた後の妻を想像して見ると如何にも不憫でした〉（下ノ五十五）と先生は言う。そして先生は、〈妻のために、命を引きずつて世の中を歩いてゐた〉（同）のだ。

しかし、先生がついに自殺を決意する時が来る。――〈すると夏の暑い盛りに明治天皇が崩御になりました。其時私は明治の精神が天皇に始まつて天皇に終つたやうな気がしました。最も強く明治の影響を受けた私どもが、其後に生き残つてゐるのは必竟時勢遅れだといふ感じが烈しく私の胸を打ちました〉（同）。先生は、このことを妻に語る。妻は笑って取り合わないが、しかし何を思ったか、突然、〈では殉死でもしたら〉（同）と言って夫をからかう。妻からその〈殉死〉というほとんど忘れかけていた言葉を聞いて、先生はふと〈自分が殉死するならば、明治の精神に殉死する積だ〉（同五十六）と答える。無論それも半分〈笑談〉（同）にすぎなかったが、しかし先生は、そう言ってみて、何かその〈古い不要な言葉〉（同）に、〈新らしい意義〉（同）を盛りえたような感じがする。その後約一ケ月、大葬の夜乃木大将が殉死する。それから二三日、先生は〈とう〳〵自殺する決心をしたのです〉（同）と言うのだ。

——以上、先生の遺書の周知の一節だが、しかしそれにしてもこの説明は、それまで、〈死んだ気で生きて行かう〉（同五十四）と生きてきた人間が、にもかかわらず自殺するという過程の説明として、一体どれほどの深刻な力を持ちえているといえようか。

もとより、〈明治〉という時代に生きた先生の、あるいは先生の世代の特別な感情を無視することはできないだろう。先生は、度々自らの、そして自らの世代の〈尊とい過去〉（下ノ四十三）を懐しむ。まさしく先生達は、かつて古風だが、しかし誇るに足る倫理を生きていたのだ。いわばそれは、自己抑制の倫理、自己否定の倫理とでも言うべきものであったろう。先生とKとの間で、その前に額づくべきものとして暗黙のうちに了解されていた〈道〉（同十九）とか、〈精進〉（同）とか、〈修養〉（同二十九）とか、〈向上〉（同三十）とかいう言葉、それらはすべて自己を本位とし、自己を絶対とするよりも、むしろ自己を抑制し、自己を否定すること、かくして自己を超えたより大きなもの（それがいかに〈漠然〉（同十九）としたものであろうとも）へ自己を捧げ、さらにはその大きなものへ自己を行きつかせんとして、人々が真率に生きた時代のあったことを物語っているといえよう。

だが言うまでもなく、先生はすでに、そのような自己抑制、自己否定の倫理に生きてはいない。と言うよりも、もはや生きえない。すでに人々がそこへと繋がれていた、自己を超えたより大きなもの——いわば神々は死滅したのだ。人々は一人一人解き放たれ、もはやなんらの頼りも支えもなく生きる。その〈「自由と独立と己れとに充ちた現代」〉（上ノ十四）を、その〈「淋しみ」〉（同）を、生きなければならないのである。いや先生は、絆を失った自我と自我が、激突し、相食み、そして殺戮しあう中で、神々が完全に死滅していった地獄図を、己れのうちに見出して〈動けなくなつた〉（下ノ五十二）のではなかったか。

たしかに、あらゆる権威と価値が崩壊した以上、人々は、はては殺戮しあう自我と自我の割拠の中で生きなければならないし、あるいは生きえよう。しかし先生は、その世代は、〈尊とい過去〉の記憶を引きずりつつ、そのことに、まさにどうしようもない〈淋しみ〉を感じなければならないのである。そしておそらく、ここにこそ、先生の言う〈明治の精神〉があったといえよう。

だが、たとえ〈尊とい過去〉の記憶に結ばれていたとしても、その〈明治の精神〉は、もはやふたたび喪われたものを蘇らすことはできないのである。Kが死んだ時、先生は〈あゝ失策《しま》つた〉（下ノ四十八）と心に叫ぶ。そして、〈もう取り返しが付かないといふ黒い光が、私の未来を貫ぬいて、一瞬間に私の前に横はる全生涯を物凄く照らし〉（同）たという。まさしく一切は、〈もう取り返しが付かない〉のだ。しかも〈取り返しが付かない〉以上、一切はもう終わったのだ（そしてこのことが、先生の体験したことの全重量ではなかったか）。以後先生に出来ることは、〈黒い光〉に射貫かれて、ただ〈がた〳〵顫へ〉(同)ていることでしかなかったといえよう。

　しかし、そうだとすれば、江藤淳氏の言うように、先生が明治天皇の崩御と乃木大将の殉死に触発されて、あの〈尊とい過去〉の記憶に残る自己を超えたより大きなものへの献身の倫理が、自らの内部でまったく死に絶えていなかったことを突然に悟り、その呼びかけに応ずるごとく、その呼びかけにおいて自らを葬ったとする[*2]のは、いささか感傷的であるといわなければならない。もし先生の内部で、〈尊とい過去〉の権威と価値がいまも死に絶えていなかったとするなら、先生のあの体験とは一体なんであったのか。いや先生の内部で、権威と価値の一切がまさに死に絶えてしまったからこそ、そしてそのことが、〈もう取り返しが付かない〉ことであったからこそ(しかもそのことを、心の底から知ってしまったからこそ)、先生は〈動けなくなつた〉のではないのか。

　先生の、〈もう一度あゝいふ生れたままの姿に立ち帰つて生きて見たい〉(同九)という願いが無理なように、先生に、喪われたものを〈取り返す〉術はない。先生はすでに、それから決定的に切り離されてしまった人間であり、それを呼びもどし、さらにそれによって自らを裁くには、あまりにもそれから隔たりすぎている。つまり先生はいま、なにものにも属していないのだ。属しているとすれば、ただ茫々たる虚無にしか属していない。そしてそうだとすれば、先生は、所詮なにものの名においても死にえないはずであり、[*3]しかもそのことに、つまり死にえないということに、先生の悲劇の根源的な性格があったといえよう。

＊2　江藤淳「明治の一知識人」(『決定版夏目漱石』新潮社、昭和四十九年十一月所収)。

＊3　先生はやがて、〈私に乃木さんの死んだ理由が能く解らないやうに、貴方にも私の自殺する訳が明らかに呑み込めないかも知れません〉（下ノ五十六）と言い、〈もし左右《さう》だとすると、それは時勢の推移から来る人間の相違だから仕方ありません。或は箇人の有《も》つて生れた性格の相違と云つた方が確かも知れません〉（同）と言う。しかしこう言った時、先生が自己の死の意味づけにほとんど失敗しており、その意味づけを放棄してさえいることを見逃してはならない。

ところで、先生は、〈他《ひと》に愛想を尽かした私は、自分にも愛想を尽かして動けなくなつたのです〉（下ノ五十二）と言う。〈何の方面かへ切つて出やうと思ひ立つや否や、恐ろしい力が何処からか出て来て、私の心をぐいと握り締めて少しも動けないやうにするのです〉（同五十五）。——要するに先生は、希望を失い、行為を失っている。先生において、世界との関係は断たれており、先生に生きる可能性はないともいえよう。先生は続ける。〈私がこの牢屋の中に凝としてゐる事が何うしても出来なくなつた時、又その牢屋を何うしても突き破る事が出来なくなつた時、必竟私にとつて一番楽な努力で遂行出来るものは自殺より外にないと私は感ずるやうになつたのです〉（同）と——。

だが、それに加えて先生が、〈私は今日に至る迄既に二三度運命の導いて行く最も楽な方向へ進まうとした事があります〉（同）とも語っているのを看過できない。つまり先生は、過去に、再三にわたり自殺を試みていたのである。[＊4] 無論先生には、妻を道づれにすることなどできない。しかし先生には、一人で死んでゆくこともできないのだ。繰り返すまでもなく、〈私だけが居なくなつた後の妻を想像して見ると如何にも不憫でした〉(同)と先生は言う。先生は自らの死が、妻を致命的に傷つけるであろうことを、十分に承知していたといえよう。〈私はいつも躊躇しました。妻の顔を見て、止して可かつたと思ふ事もありました〉(同)。そうして先生は、〈又凝と竦んで仕舞〉(同)うのである。こうして先生は、生きることもできず、だからといって死ぬこともできない。しかもまた〈凝と竦んで〉いるしかない以上、依然先生は、自殺を決意するしかないのである。この無限の繰り返し——おそらく先生はすでに死んでいるのだ。生きながら死の空間を辿りつづけているといいかえてもよい。その終わりない永劫の時間——。先生は呟く。〈記憶して下さい。私は斯んな風にして生きて来たのです〉(同)と——。

＊4　ついでに言えば、先生が〈私〉に、すでに生前に言うべきこと(人間と自己への激しい不信)を言っている事実、遺書はその具体的ないきさつ(不信に陥っていった経緯)を明かしているにすぎない事実を、見落してはならない。つまり先生は過去に、度々遺言を試みていたのだ。

Kが死んだ夜、先生は、〈忽然と冷たくなつた此友達によつて暗示された運命の恐ろしさを深く感じ〉(下ノ四十九)、〈がたく／＼顫へ〉(同四十八)たと言う。しかも先生は、〈何の分別もなく〉(同四十九)部屋に帰り、〈八畳の中をぐる／＼廻り始め〉(同)る。——〈私の頭は無意味でも当分さうして動いてゐろと私に命令するのです。私は何うかしなければならないと思ひました。同時にもう何うする事も出来ないのだと思ひました〉（同）。そして先生は、ひたすら〈夜明を待〉（同）つのだ。〈永久に暗い夜が続くのではなからうかといふ思ひ〉（同）に怯えながら――。

たしかに、この一節は暗示的である。それは、まさにその後の先生の半生を照し出している。先生はいまもって自らの〈運命〉に戦慄するしかない。その〈運命〉に緊縛されたまま、しかしそこから脱出すべき〈何の分別もな〉い以上、たとえ〈無意味でも〉、ただその周囲を〈ぐる〳〵廻〉るしかないのだ。もとより夜は明け陽は昇る。しかし先生に、〈永久に暗い夜〉は続いているといわなければならない。

だがそれにしても、ここに言う〈運命〉とは一体なにか。その〈何うかしなければなら〉ず、同時に〈何うする事も出来ない〉もの、人がその直中にありながら、にもかかわらず人の手に及ばず、人の手に余るもの――おそらくそれこそは、〈死〉そのものではないか。

まさしく、〈死〉は人間を超えている。

《「何《ど》つちが先へ死ぬだらう」

私は其晩先生と奥さんの間に起つた疑問をひとり口の内で繰り返して見た。さうして此疑問には誰も自信をもつて答へる事が出来ないのだと思つた。》（上ノ三十六）

無論人は誰でも死ぬし、死は必ずやって来る。しかし人は、死がやって来る時を知らず、ましてやその正体を見たことはない。そして死がやって来た時、すでに己れはいないのだ。

《私は人間を果敢ないものに観じた。人間の何うする事も出来ない持つて生れた軽薄を、果敢ないものに観じた。》（同）

思うに、ここに嘆かれているのは、〈死〉の人間に対する絶対的な超越性であり、人間の〈死〉に対する絶対的な受動性である。おそらく人は決して、〈死〉に至ることもできないし、〈死〉を自分のものにすることもできない。

だが、そうであるとしたら、はたして本当に、先生は死ぬことができたのか。――もちろん先生は自殺し、もういない。しかしはたして本当に、先生は死んだのか。いや、もはや断る必要はあるまい。先生は、死んだとはいないのだ。なぜなら（言葉を重ねてきたように）、人間を超えてある〈死〉を、人間は自分の力で、決して実現することはできないからである。

だが、ともあれ先生は自殺する。要するに、先生は疲れ果て、もう終わりにしたかったにちがいない。

しかしその先生が、つまり希望と行為の一切を断念し、かくしてこの世界の一切の真理を放棄した先生が、自殺によって終わりを希望し、しかもある真理の端緒として蘇ろうとしているのを、見逃すことはできないのである。

《私の鼓動が停つた時、あなたの胸に新らしい命が宿る事が出来るなら満足です。》（下ノ二）

だが、そうならば、先生はいまもってこの世界の真理を信じているのだ。[*5] しかし、またそうならば、先生はなぜ自殺するのか――。

あきらかに、先生には混濁がある。[*6] いやおそらく、この時先生を襲っていたものは、錯乱であり、狂気[*7]であったといわなければならない。[*8]

＊5　先生が自殺によって、究極の勝利を、逆転を期待しているとすれば、その期待を通して、やはり先生は、この世界の真理を信じていることになる。なお酒井英行氏の「『こゝろ』―「先生」への疑念―」(「早稲田大学高等学院研究年誌」昭和五十四年四月、のち『漱石　その陰翳』有精堂、平成二年四月所収) はこの先生の自殺の混濁を端的に突いていて興味深い。

＊6　だが多分それは、〈自殺〉そのものの持つ混濁である。〈己れが己れを殺す〉という行為は、〈己れを殺す〉という形で否定するものを、〈己れが殺す〉という形で肯定しなければならないのだから。

＊7　すでに先生自身に、〈「自殺する人はみんな不自然な暴力を使ふんでせう」〉(上ノ二十四) という言葉がある。

＊8　たしかに先生は気づいていない。たとえ志を後代に繋ぐべくいかほど痛切に倫理的言辞を連ねようとも、そのあげく、この生に背を向けて死んでゆく、とは、この生のすべてを裏切って死んでゆく自らの、得体の知れない底無しの〈悪意〉について――。

断るまでもなく、「こゝろ」には様々な死が点綴されている。しかし、もしこう言うことが言えるなら、先生の死に対比され、重い意味を荷わされているのは、〈私〉の父親の死であるといわなければならない。

ところで、父親は終生郷里を出ず、家を守り子を育て、いま病を得て死んでゆく。しかしその一生の、なんと〈住み古した田舎家〉(中ノ七)のように、〈物足りな〉(上ノ二十三)く、〈恥づかし〉(中ノ五)くさえあることか。——少なくとも、息子の〈私〉はそう信じて疑わないのである。

卒業して帰郷した〈私〉に、〈「卒業が出来てまあ結構だ」〉(同一)と父親は〈何遍も繰り返〉(同)す。先生のほとんど形式だけの祝いと、この父親の大仰な喜びとを比較して、〈私〉は先生の態度を〈高尚〉(同)に思い、父親の〈無知から出る田舎臭〉(同)さに〈不快〉(同)の感さえ抱くのだ。

《「大学位卒業したつて、それ程結構でもありません。卒業するものは毎年何百人だつてあります」》(同)

〈私は遂に斯んな口の利きやうを〉(同)する。〈すると父が変な顔をした〉(同)。

《「何も卒業したから結構とばかり云ふんぢやない。そりや卒業は結構に違ないが、おれの云ふのはもう少し意味があるんだ。それが御前に解つてゐて呉れさへすれば、……」》(同)

〈私は父から其後を聞かうと〉(同)する。〈父は話したくなささうであつたが、とう〳〵斯う云つた〉(同)。

《「つまり、おれが結構といふ事になるのさ。おれは御前の知つてる通りの病気だらう。去年の冬御前に会つた時、ことによるともう三月《みつき》か四月《よつき》位なものだらうと思つてゐたのさ。それが何といふ仕合せか、今日迄斯うしてゐる。起居《たちゐ》に不自由なく斯うしてゐる。そこへ御前が卒業して呉れた。だから嬉しいのさ。折角丹精した息子が、自分の居なくなつた後で卒業してくれるよりも、丈夫なうちに学

校を出てくれる方が親の身になれば嬉しいだらうぢやないか」》(同)

さすがの〈私〉も、この父親の言葉に、〈詫《あや》まる以上に、恐縮して俯向いてゐた〉(同)と言う。だがしかし、〈私〉は、この父親の言葉の切実な〈「意味」〉を、どれほど精確に理解していたといえようか。

村人を招いて卒業祝いを催そうという相談が両親の間で起きた時、〈野鄙〉(同三)な連中のドンチャン騒ぎを恐れた〈私〉は、それを〈あまり仰山だから〉(同)と言って辞退する。しかしなおも強く両親に勧められ、〈私〉は止むを得ずこう言って承知するのだ。——〈「つまり私のためなら、止して下さいと云ふ丈なんです。陰で何か云はれるのが厭だからといふ御主意なら、そりや又別です。あなたがたに不利益な事を私が強ひて主張したつて仕方がありません」〉(同)と。

〈「さう理窟を云はれると困る」〉(同)と父親は言う。たしかに〈私〉は、こうした〈「理窟」〉を〈身に着〉(上ノ二十三)け、こうした言葉(〈「私のため」〉〈「御主意なら」〉〈「不利益」〉)によってしか人と向きあえない。つまり、こうした利害意識においてしか〈私〉はすでに人と向きあえないのだ。あきらかに、〈私〉は〈「自由と独立と己れ」〉の直中に生きている。父親はそのような〈私〉を、ただ〈苦い顔〉(同)をして見守るしかないのだ。

《「小供に学問をさせるのも、好し悪しだね。折角修業をさせると、其小供は決して宅《うち》へ帰つて来ない。是ぢや手もなく親子を隔離するために学問させるやうなものだ」》(同七)

父親は病床でこう嘆く。おそらくこの時、父親はあらためて、深甚なる喪失の思いを嚙みしめていたといえよう。
もし父親の一生が、〈「小供」〉への夢に託されているとすれば、〈「小供」〉とはつまり、父親の未来であるといってよい。しかし父親は、もはやその未来を喪っているのだ。父親は〈自分の死んだ後〉(同)を淋しく想像する。そこには〈「小供」〉の影はなく、〈伽藍堂〉(同)となった家に、妻が〈たった一人〉(同)、〈取り残〉(同)されている。そしてやがてはその妻の姿も、掻き消すように失せてゆく。とすれば、父親にとって未来はまさに空虚であり、しかも守って来た家が廃墟と化すならば、そのことによって父親は、誇るべき過去をも、同時に喪わなければならないのだ。要するに父親は、もはや一切から〈隔離〉されている。おそらく父親も(そして母親も)また、〈「私は淋しい人間です」〉(上ノ七)と大声で叫びたかったにちがいないのだ。

明治天皇の病気の報知で、宴会は中止される。〈「勿体ない話だが、天子さまの御病気も、お父さんのとまあ似たものだらうな」〉(中ノ四)と父親は憂える。[*9] そしてその頃から、〈父の元気は次第に衰ろへて行〉(同五)く。やがて明治天皇の崩御。父親は、〈「あゝ、あゝ、天子様もとう〱御かくれになる。己も……」〉(同)と呟いて絶句する。父親に、ようやく死の影が、濃く差してきたのだ。
だがそれにしても、父親がその黒々とした死に気づこうとしないのは注目すべきことである。[*10]
《父は死病に罹つてゐる事をとうから自覚してゐた。それでゐて、眼前にせまりつつある死そのものに気が付かなかつた。

「今に癒つたらもう一返東京へ遊びに行つて見やう」》(同十)

いや、死に気づこうとしないばかりではない。むしろ父親は、ますます生に牽かれ、生に執するのである。父親は続ける。〈「人間は何時死ぬか分らないからな。何でも遣りたい事は、生きてるうちに遣つて置くに限る」〉(同)と。もちろん父親は、死に気づいていないわけではないのだ。ただ生きている以上、生の可能性を求め、その極限を究めること、そのことに父親は固執するのである。

だが、〈「何でも遣りたい事は、生きてるうちに遣つて置くに限る」〉としても、父親にどれほどのことができるのか。父親は、〈「何うせ死ぬんだから、旨いものでも食つて死ななくつちや」〉(同九)と言う。しかし、〈旨いものを口に入れられる都に住んでゐな〉(同)い父親は、〈かき餅などを焼いて貰つてぼり〳〵噛〉(同)む。たしかにその姿の、なんと〈滑稽にも悲酸にも〉(同)見えることか。だがあるいは人は、そのような〈滑稽〉さ、〈悲酸〉さを無限に繰り返しながらその生を生きているのかも知れない。*11

ある日、幼い頃から仲の好かった作さんが見舞いに来る。〈「作さんは丈夫で羨ましいね」〉(同十三)と父親は羨む。なるほど〈「丈夫」〉でさえいれば、いつか人は、可能性の極限に達しえるかも知れないのだ。が、作さんは答える。〈「そんな事はないよ。御前なんか子供は二人とも大学を卒業するし、少し位病気になつたつて、申し分はないんだ。おれを御覧よ。かゝあには死なれるし、子供はなしさ。たゞ斯うして生きてゐる丈の事だよ。達者だつて何の楽しみもないぢやないか」〉(同)——と。実際〈「達者だつて」〉、作さんに〈「何の楽しみ」〉もありはしない。ただ〈「生きてゐる丈の事」〉であり、作さんは逆に父親を羨むのだ。そしてそうだとすれば、ここにも、茫々たる虚無の中を、〈たつた一人で淋《さむ》しくつて仕方がな〉（下ノ五十三）いと訴え、〈何故今迄生きてゐたのだらう〉（同四十八）と自問する人間がいるといっても、おかしくはないのである。

＊9　明治天皇も〈私〉の父親も、〈腎臓の病《やまひ》〉（上ノ二十四）で死ぬ。先生は〈「自分で病気に罹つてゐながら、気が付かないで平気でゐるのがあの病の特色」〉（同）といっている。つまり自分が現に〈死に近づきつゝある〉（同三十六）ことも、いつ死ぬかも知らない。まさに〈自殺〉とは対蹠的な死（〈自然死〉）といえよう。

＊10　〈父は自分の眼の前に薄暗く映る死の影を眺めながら〉（中ノ十六）、なお〈未来に対する所置は一向取らない〉（同七）。〈遺言らしいものを口に出〉（同十六）すことすらないのだ。〈「まだ〱十年も二十年も生きる気で御出《おいで》のだよ」〉（同二）と母もいう。

＊11　父親は死ぬ前に息子が卒業することを願い、いままた生きている内に息子が就職することを願う。しかし所詮それらが、手元から息子が離れてゆく里程標にすぎないならば、父親はここでも、〈滑稽にも悲酸〉な〈矛盾〉（同七）を犯していることになるといえよう。

だがにもかかわらず、父親も作さんも、決してこの人生を断念したり、この人生を放棄したりなどしない。この人生を嘆きつつ、しかしそれを懸命に支え、それに耐えているのである。しかも密かに〈「楽しみ」〉に焦れさえして。（たとえ作さんの言うように〈「楽しみ」〉などないとしても、にもかかわらず心の片隅で人を羨み、だから人知れず〈「楽しみ」〉に焦れながら——。）

やがて、父親の最後の時が近づく。人々は成るべく父親の枕元に控えているようにする。〈気のたしかな時は頻りに淋しがる病人にもそれが希望らしく見えた〉（中ノ十六）と〈私〉は語る。〈ことに室《へや》の中《うち》を見廻し母の影が見えないと、父は必ず「御光は」と聞いた。聞かないでも、眼がそれを物語つてゐた〉（同）。――父親は、この期に及んでも、依然〈希望〉を捨てず光を追う。ほとんど死んでしまいながら、しかもなお父親は、死を忘れようとし、死を忘れようと〈希望〉しているのだ。*12
だがしかし、父親のその〈希望〉を超えて、その〈希望〉を呑み込みながら、限りなくゆっくりと、静かに、あの茫々たる虚無が、終わりない永劫の時間が、過ぎゆきつつあることは言うまでもない。そしておそらくこの自己を超えた所で、ゆっくりと、静かに過ぎゆく時間を感じつつ、しかしそれを見ようともせず、知ろうともしないまま、だが、だからこそ純粋に、その黙々と過ぎゆく時間に身を委ねつつ、父親は死んでゆくのだといえよう。*13

*12 〈父は時々譫語《うはこと》を云ふ様になつた〉（中ノ十六）。〈「乃木大将に済まない。実に面目次第がない。いへ私もすぐ御後から」〉（同）。〈斯んな言葉をひよい〳〵出した〉（同）。――〈気のたしかな時〉は妻の影を無言で追う父親が、〈譫語〉の中で社会と時代への所思を語っている。ここには人間と現実の関りに対する、漱石の痛切な思いがあるかのようだ。

*13 〈父は傍《はた》のものを辛くする程の苦痛を何処にも感じてゐなかつた。其点になると看病は寧ろ楽であつた。要心のために、誰か一人位づゝ代る〴〵起きてはゐたが、あとのものは相当の時間に各自《めい〳〵》の寐床へ引き取つて差支なかつた。何かの拍子で眠れなかつた時、病人の唸る

やうな声を微かに聞いたと思ひ誤まつた私は、一遍半夜《よなか》に床を抜け出して、念のため父の枕元迄行つて見た事があつた。其夜は母が起きてゐる番に当つてゐた。然し其母は父の横に肱を曲げて枕としたなり寐入つてゐた。父も深い眠りの裏《うち》にそつと置かれた人のやうに静にしてゐた。私は忍び足で又自分の寐床へ帰つた〉（中ノ十四）。――幾十年連れ添ってきた父親と母親が、たしかに枕を並べながら、しかし結局一人一人の孤独な夢の中で、身動きもせずまどろんでいる。いや、むしろ二人はもうとっくに死んでいて、墓の下にそっと横たわっているのかもしれない。

しかしそれにしても、人は時に、その人間を絶した、洪大なるものの流れを垣間見ることがある。《私は其時又蟬の声を聞いた。其声は此間中聞いたのと違つて、つく〲法師の声であつた。私は夏郷里に帰つて、煮え付くやうな蟬の声の中に凝と坐つてゐると、変に悲しい心持になる事がしば〲あつた。私の哀愁はいつも此虫の烈しい音《ね》と共に、心の底に沁み込むやうに感ぜられた。私はそんな時にはいつも動かずに、一人で一人を見詰めてゐた。》（中ノ八）

おそらく、〈私〉が蟬時雨を聞きながら、自らの直中に捉えているものこそ、この人間を絶した、洪大なるものの流れであるにちがいない。たしかにそれは、激動する〈都会〉（同五）、その繁忙な〈活動〉（上ノ二十三）の中で、〈私〉が自らの内に見失っていたものであり、いま〈私〉はそれを、〈墳墓の地〉（下ノ二十）、その幽閑の中で、自らの内に見出しているのだ。

《私の哀愁は此夏帰省した以後次第に情調を変へて来た。油蟬の声がつく〱法師の声に変る如くに、私を取り巻く人の運命が、大きな輪廻のうちに、そろ〱動いてゐるやうに思はれた。》（中ノ八）蟬時雨の奥底から、夢のように近づき遠ざかる静寂――そしていま、その聞きとりがたい静けさを聞く〈私〉の〈変に悲しい心〉を通して、人々が、あの限りなく悠久なるものの流れに黙々と耐え、だが、だからこそその流れに身を寄せつつ、やがてその中へと回帰してゆく、その無音の響きが奏でられているといえよう。

だが断るまでもなく、〈私〉は闇雲に、ふたたび喧騒の〈都会〉に帰るのだ。あの悠久なるものの流れを垣間見つつ、しかし、その流れにゆっくりと没してゆく父親の死ひとつ待ちきれず、怱卒な〈都会〉の営為にも似て忙しない（そして鳴物入りの）先生の死に魅かれながら――。

たしかに、稲垣達郎氏も言うように、先生は〈性急〉[*14]にすぎたといえようし、その先生から、一刻も早く〈生きた教訓を得たい〉（下ノ二）と逸った〈私〉も、また〈性急〉にすぎたといえよう。〈割切れない自己を、割切れないものとして割切っても、人生はなかなか割切れ〉[*15]ない。ならば人は、所詮割り切れない人生を割り切ろうとするよりも、割り切れない人生に耐え、割り切れる時の来る日を、永劫の先に待つしかなく、また待つべきではないか。

無論先生は死んでもういない。だがやがて〈私〉には、そのことの痛切な意味が判るだろう。[*16]割り切れる時の来る日が、永劫の先であるならば、その日まで所詮人生は無駄な道草であることが。しかしだとしても、あるいはだからこそ、〈私〉にはその日まで、道草を食うことだけはまだ確実に残されていることが。[17]

＊14　稲垣達郎「Xさんへの手紙」(『稲垣達郎学芸文集』第二巻、筑摩書房、昭和五十七年四月所収)。

＊15　同右。

＊16　〈子供を持つた事のない其時の私〉(上ノ八)という言葉からは、〈私〉がすでに〈子供〉を儲け、父親となっていることが揣摩される。言うまでもなく、〈私〉は先生の死をこえて生き残ったのだ。もとより、次の世代に生き残っただけで、〈新らしい命〉が約束されると考えるのはいかにも浅薄である。いや〈私〉は生き残り、所詮は同じような、〈物足りなく〈恥づかし〉くさえある存在としての父親になったにすぎないのだ。が、ただ〈私〉はいま、それが人間の踏まねばならぬ唯一の、そして不可避の道であることには気づいている。〈私〉の手記全体が終始〈沈鬱な調子〉(越智治雄「こゝろ」『漱石私論』角川書店、昭和四十六年六月所収)で語られる所以である。

＊17　周知のように、先生は深く妻をいとおしむ。これほど心を残しながら、なお死ぬことが可能なのかと訝かれるように――。おそらく先生は、人のよく言うように、死んでも死に切れず、その魂は中有を迷っているにちがいない。とすれば、先生もまたそこで道草を食っているのかもしれない。しかし言うまでもなく、その道草には、目的の地はすでにない。

静の心、その他

1

まず、「先生と私」の次の一節（上ノ十二）から始めよう。

《先生と知合になつてから先生の亡くなる迄に、私は随分色々の問題で先生の思想や情操に触れて見たが、結婚当時の状況に就いては、殆んど何ものも聞き得なかつた。私は時によると、それを善意に解釈しても見た。年輩の先生の事だから、艶《なま》めかしい回想などを若いものに聞かせるのはわざと慎んでゐるのだらうと思つた。時によると、又それを悪くも取つた。先生に限らず、奥さんに限らず、二人とも私に比べると、一時代前の因襲のうちに成人したために、さういふ艶《つや》つぽい問題になると、正直に自分を開放する丈の勇気がないのだらうと考へた。尤も何方《どちら》も推測に過ぎなかつた。さうして何方の推測の裏にも、二人の結婚の奥に横たはる花やかなロマンスの存在を仮定してゐた。

私の仮定は果して誤らなかつた。けれども私はたゞ恋の半面丈を想像に描き得たに過ぎなかつた。先生は美くしい恋愛の裏に、恐ろしい悲劇を持つてゐた。さうして其悲劇の何んなに先生に取つて見惨めなものであるかは相手の奥さんに丸で知れてゐなかつた。奥さんは今でもそれを知らずにゐる。先生はそれを奥さんに隠して死んだ。先生は奥さんの幸福を破壊する前に、先づ自分の生命を破壊して仕舞つた。》

〈奥さんは今でもそれを知らずにゐる〉と〈私〉のいう〈今〉とはいつか。言うまでもなくそれは、

〈私〉がこの手記を綴っている〈今〉――、が、そうだとしてもそれは一体いつか？

無論「こゝろ」は、夏目漱石の作品であり、大正三年四月二十一日より八月十一日まで「朝日新聞」に連載され、同じ年の十月岩波書店より単行本として出版された。

が、この手記（少なくとも「先生と私」「両親と私」）はあくまで〈私〉が綴ったものであり、その内容は明治末年から大正初年のことで、しかも〈私は若かつた〉（上ノ四）とか、〈子供を持つた事のない其時の私〉（同八）という言葉に照らせば、かなり時がたってからの追憶ということになる。[*1] あるいは大正十六、七年頃（あるいはもっと後）の執筆か――?[*2]

＊1　このことに関連し、あらかじめ「こゝろ」全体に対する筆者のスタンスを示しておきたい。《〈子供を持つた事のない其時の私〉（上ノ八）という言葉からは、〈私〉がすでに〈子供〉を儲け、父親となっていることが揣摩される。言うまでもなく、〈私〉は先生の死をこえて生き残ったのだ。もとより、次の世代に生き残っただけで、〈新らしい命〉が約束されると考えるのはいかにも浅薄である。いや〈私〉は生き残り、所詮は同じような、〈物足りなく〈耻づかし〉くさえある存在としての父親になったにすぎないのだ。が、ただ〈私〉はいま、それが人間の踏まねばならぬ唯一の、そして不可避の道であることには気づいている。〈私〉の手記全体が終始〈沈鬱な調子〉（越智治雄「こゝろ」『漱石私論』角川書店、昭和四十六年六月所収）で語られる所以である。》（拙稿「『こゝろ』―父親の死―」「別冊国文学」第五号、昭和五十五年二月、のち『鷗外と漱石―終りない言葉―』三弥井書店、昭和六十一年十一月所収、本書に再録）。

＊2　筆者は昔から授業で大正十六、七年以降説をとっていた。するとある時、その〈今〉を昭和二十年夏、あの終戦の空白の日と重ねてはどうかという学生がいた。

さて、先生の〈悲劇〉、〈其悲劇の何んなに先生に取つて見惨めなものであるかは相手の奥さんに丸で知れてゐなかつた。奥さんは今でもそれを知らずにゐる〉と〈私〉は言う。

だが、本当に奥さんはなにも知ってはいなかったし、知っていないのか。このことに関し、いくつか疑問なしとしない箇所がある。

まず（上ノ十六）から（同二十）半ばにかけて〈私〉が〈奥さんと差向ひで話を〉（同十五）する場面――。近所で盗難が続き、折しも先生が友人との会食に外出するため、〈私〉が留守番を頼まれた秋の夜のことである。

《「先生は矢張り時々斯んな会へ御出掛になるんですか」

「いゝえ滅多に出た事はありません。近頃は段々人の顔を見るのが嫌になるやうです」

斯ういつた奥さんの様子に、別段困つたものだといふ風も見えなかつたので、私はつい大胆になつた。

「それぢや奥さん丈が例外なんですか」

「いゝえ私も嫌はれてゐる一人なんです」

「そりや嘘です」と私が云つた。「奥さん自身嘘と知りながら左右仰やるんでせう」

「何故」

「私に云はせると、奥さんが好きになつたから世間が嫌ひになるんですもの」

「あなたは学問をする方丈あつて、中々御上手ね。空つぽな理窟を使ひこなす事が。世の中が嫌になつたから、私迄も嫌になつたんだとも云はれるぢやありませんか。それと同なじ理窟で」

「両方とも云はれる事は云はれますが、此場合は私の方が正しいのです」

「議論はいやよ。よく男の方は議論だけなさるのね、面白さうに。空の盃でよくあゝ飽きずに献酬が出来ると思ひますわ」

奥さんの言葉は少し手痛《てひど》かつた。然し其言葉の耳障からいふと、決して猛烈なものではなかつた。自分に頭脳のある事を相手に認めさせて、そこに一種の誇りを見出す程に奥さんは現代的でなかつた。奥さんはそれよりもつと底の方に沈んだ心を大事にしてゐるらしく見えた。》（上ノ十六）

に始まり、

《「今奥さんが急に居なくなつたとしたら、先生は現在の通りで生きてゐられるでせうか」

「そりや分らないわ、あなた。そんな事、先生に聞いて見るより外に仕方がないぢやありませんか。私の所へ持つて来る問題ぢやないわ」

「奥さん、私は真面目ですよ。だから逃げちや不可ません。正直に答へなくつちや」

「正直よ。正直に云つて私には分らないのよ」》（同十七）

そして、〈「あなたが急に居なくなつたら、先生は何うなるんでせう」〉（同）という〈私〉の再度の問いに、静は次のように答えるのである。

《「そりや私から見れば分つてゐます。(先生はさう思つてゐないかも知れませんが)。先生は私を離れゝば不幸になる丈です。或は生きてゐられないかも知れませんよ。さういふと、己惚《おのぼれ》になるやうですが、私は今先生を人間として出来る丈幸福にしてゐるんだと信じてゐますわ。どんな人があつても私程先生を幸福にできるものはないと迄思ひ込んでゐますわ。それだから斯うして落ち付いてゐられるんです」

「その信念が先生の心に好く映る筈だと私は思ひますが」

「それは別問題ですわ」

「矢張り先生から嫌はれてゐると仰やるんですか」

「私は嫌はれてゐるとは思ひません。嫌はれる訳がないんですもの。然し先生は世間が嫌なんでせう。世間といふより近頃では人間が嫌になつてゐるんでせう。だから其人間の一人として、私も好かれる筈がないぢやありませんか」

奥さんの嫌はれてゐるといふ意味がやつと私に呑み込めた。》(同)

さらに、

《「奥さん、私が此前何故先生が世間的にもつと活動なさらないのだらうと云つて、あなたに聞いた時に、あなたは仰やつた事がありますね。元はあゝぢやなかつたんだつて」

「えゝ云ひました。実際彼《あ》んなぢやなかつたんですもの」

「何んなだつたんですか」

「あなたの希望なさるやうな、又私の希望するやうな頼もしい人だつたんです」

「それが何うして急に変化なすつたんですか」

「急にぢやありません、段々あゝなつて来たのよ」

「奥さんは其間始終先生と一所にゐらしたんでせう」

「無論ゐましたわ。夫婦ですもの」

「ぢや先生が左右変つて行かれる原因がちやんと解るべき筈ですがね」

「それだから困るのよ。あなたから左右云はれると実に辛いんですが、私には何う考へても、考へやうがないんですもの。私は今迄何遍あの人に、何うぞ打ち明けて下さいつて頼んで見たか分りやしません」

「先生は何と仰しやるんですか」

「何にも云ふ事はない、何にも心配する事はない、おれは斯ういふ性質になつたんだからと云ふ丈で、取り合つて呉れないんです」》(同十八)

——これ以前(上ノ十二)、〈私〉が静に、〈「先生は何故あゝやつて、宅《うち》で考へたり勉強したりなさる丈で、世の中へ出て仕事をなさらないんでせう」〉と訊いた時、静は〈「それが解らないのよ」〉と答え、次のように言っていた。

《「若い時はあんな人ぢやなかつたんですよ。若い時は丸で違つてゐました。それが全く変つて仕舞つたんです」

「若い時つて何時頃ですか」と私が聞いた。
「書生時代よ」
《「あなたは私に責任があるんだと思つてやしませんか」と突然奥さんが聞いた。
「いゝえ」と私が答へた。
「何うぞ隠さずに云つて下さい。さう思はれるのは身を切られるより辛いんだから」と奥さんが又云つた。「是でも私は先生のために出来る丈の事はしてゐる積なんです」
「そりや先生も左右認めてゐられるんだから、大丈夫です。御安心なさい、私が保証します」》（同十八）
《「私はとう〳〵辛防し切れなくなつて、先生に聞きました。私に悪い所があるなら遠慮なく云つて下さい、改められる欠点なら改めるからつて、すると先生は、御前に欠点なんかありやしない、欠点はおれの方にある丈だと云ふんです。さう云はれると、私悲しくなつて仕様がないんです、涙が出て猶の事自分の悪い所が聞きたくなるんです」
奥さんは眼の中に涙を一杯溜めた。》（同）
さらに章をまたぎ――、
《始め私は理解のある女性として奥さんに対してゐた。私が其気で話してゐるうちに、奥さんの様子が次第に変つて来た。奥さんは私の頭脳に訴へる代りに、私の心臓《ハート》を動かし始めた。自分と夫の間には何の蟠まりもない、又ない筈であるのに、矢張り何かある。それだのに眼を開けて見極めやうとすると、矢張り何にもない。奥さんの苦にする要点は此所にあつた。

　奥さんは最初世の中を見る先生の眼が厭世的だから、其結果として自分も嫌はれてゐるのだと断言した。さう断言して置きながら、ちつとも其所に落ち付いてゐられなかつた。底を割ると、却つて其逆を考へてゐた。先生は自分を嫌ふ結果、とう〳〵世の中迄厭になつたのだらうと推測してゐた。けれども何う骨を折つても、其推測を突き留めて事実とする事が出来なかつた。先生の態度は何処迄も良人らしかつた。親切で優しかつた。疑ひの塊りを其日〳〵の情合で包んで、そつと胸の奥に仕舞つて置いた奥さんは、其晩その包みの中を私の前で開けて見せた。

「あなた何う思つて?」と聞いた。「私からあゝなつたのか、それともあなたのいふ人生観とか何とかいふものから、あゝなつたのか。隠さず云つて頂戴」》（同十九）

　要するに静は、夫の心が〈「段々」〉変わってきたこと、そして自分と夫の間に何らかの〈蟠まり〉が生じていること、が、その原因は〈「何う考へても、考へやうがない」〉こと、夫に聞いても取り合ってくれないし、自分のせいとも思えない。とすると、苦にすることはなにもないのかもしれない。だが、にもかかわらず静は、狂おしいまでにそれを〈突き留め〉ずにはいられない。その無限の堂々巡り――。


《「私には解りません」

　奥さんは予期の外れた時に見る憐れな表情を咄嗟に現はした。私はすぐ私の言葉を継ぎ足した。

「然し先生が奥さんを嫌つてゐらつしやらない事丈は保証します。私は先生自身の口から聞いた通りを奥さんに伝える丈です。先生は嘘を吐かない方《かた》でせう」

奥さんは何とも答へなかつた。しばらくしてから斯う云つた。

「実は私すこし思ひ中る事があるんですけれども……」

「先生があゝ云ふ風になつた原因に就いてですか」

「えゝ。もしそれが原因だとすれば、私の責任丈はなくなるんだから、夫丈でも私大変楽になれるんですが、……」

「何んな事ですか」

奥さんは云ひ渋つて膝の上に置いた自分の手を眺めてゐた。

「あなた判断して下すつて。云ふから」

「私に出来る判断なら遣ります」

「みんなは云へないのよ。みんな云ふと叱られるから。叱られない所丈よ」

私は緊張して唾液《つばき》を呑み込んだ。

「先生がまだ大学にゐる時分、大変仲の好い御友達が一人あつたのよ。其方が丁度卒業する少し前に死んだんです。急に死んだんです」

奥さんは私の耳に私語くやうな小さな声で、「実は変死したんです」と云つた。それは「何うして」と聞き返さずにはゐられない様な云ひ方であつた。

「それつ切りしか云へないのよ。けれども其事があつてから後《のち》なんです。先生の性質が段々変つて来たのは。何故其方が死んだのか、私には解らないの。先生にも恐らく解つてゐないでせう。けれども夫から先生が変つて来たと思へば、さう思はれない事もないのよ」

「其人の墓ですか、雑司ヶ谷にあるのは」

「それも云はない事になつてるから云ひません。然し人間は親友を一人亡くした丈で、そんなに変化できるものでせうか。私はそれが知りたくつて堪らないんです。だから其所を一つ貴方に判断して頂きたいと思ふの」

私の判断は寧ろ否定の方に傾いてゐた。》（同十九）

以上長い引用を重ねたが、おそらくこの箇所は、静の心が静の言葉によって語られたもっとも枢要な場面に他ならない。


ところで、この静の〈「みんなは云へないのよ。みんな云ふと叱られるから。叱られない所丈よ」〉という言葉から、〈いくつかのことを取り出すことができ〉るとして石原千秋氏は、〈(1) まず静は「みんな」知っていること、(2) しかも「みんな云ふと叱られる」ことまでわかっていること、(3) 逆に、一部だけ話すのなら叱られないこと、など〉を挙げ、さらに〈この静の前置きから判断すると、静と先生はKのことについて話題にしているばかりか、他人に話す範囲に就いてまでも相談ができているかのように読め〉るというのである。[*3]

＊3 『「こころ」大人になれなかった先生』（みすず書房、平成十七年七月）。以下石原氏からの

引用、言及は断らぬかぎり、すべてこの書による。

だが、静が知ろうとして身悶えするほどに苦しんでいる夫の心の変化の原因、そして自分と夫との間に生じた心の〈蟠まり〉の原因を、静は実はもうとっくに知っていて、〈「みんな云ふ」〉と、夫に〈「叱られる」〉ほどのこととして、しかも〈他人に話す範囲に就いてまで〉夫と〈相談ができている〉ほどのこととして、承知していたのだろうか。

いや静がもし〈「みんな」〉知っているとすれば（といって、それは本来〈みんな〉とか〈少し〉とかいう多寡の問題ではない。たとえ〈少し〉でも、それを知ったら最後、瞬時に世界が闇と化すほどの〈秘密〉（下ノ五十六）ではないのか）、それは夫にとって、その後の人生を変え、そしてついに破滅させるほどにも無惨なことであったと同じように、静にとっても、その後の人生を変え、そしてついに破滅するほどにも無惨なことであったといわなければならない。

だから〈「みんな」〉とは静が後から言うように、〈「大変仲の好い御友達」〉が〈「変死した」〉ということに関る、いわば事件の外容に留まるものであり、まただからこそ静は、〈「然し人間は親友を一人亡くした丈で、そんなに変化できるものでせうか」〉と改めて小首を傾げざるをえない。つまり静の〈知ってゐる〉は、いまだ〈事件の真相〉（上ノ二十）、いわば本当の本当に届いていない。そしてそれゆえに静は〈「私はそれが知りたくつて堪らないんです」〉と身悶えるのだ。

こうして静は〈事件の真相〉、いわば核心の明証を知ろうと焦る。とは、それをはっきりとした、しかも、いわば最後の言葉として知りたいのだと言えよう。

静は〈私〉に向かって繰り返し言葉を求める。〈「何うぞ隠さずに云つて下さい」〉〈「あなた何う思つて?」〉〈「隠さずに云つて頂戴」〉〈「あなた判断して下すつて」〉〈「貴方に判断して頂きたいと思ふの」〉。

もとより静自身、ずっと昔から、この疑問に一人自問自答してきたことは言うまでもない。そしてその結果静は、〈「大変仲の好い御友達」〉=Kが〈「変死」〉したということが、この問題に決定的な意味を持つことに、思い至ったといえよう。たしかにそれは、〈「思ひ中る事」〉なのだ。

ただ、にもかかわらず静が、〈「然し人間は親友を一人亡くした丈で、そんなに変化できるものでせうか」〉と、いまだ半信半疑する姿はすでに触れた。が、静が続けて、〈「もしそれが原因だとすれば、私の責任丈はなくなるんだから、夫丈でも私大変楽になれるんですが、……」〉と言っていることは注意されてよい。

断るまでもなく静が知りたいことは、夫の心の変化の原因である。しかし静が一番知りたいことは、むしろそれに、自分がどう関ったのかということではないか。すでに引用したように、静は〈私〉に、〈「あなたは私に責任があるんだと思つてやしませんか」〉と言い、〈「何うぞ隠さずに云つて下さい。さう思はれるのは身を切られるより辛い」〉と言う。さらに夫に対し、〈「私に悪い所があるなら遠慮なく云つて下さい」〉と言い、夫に〈「御前に欠点なんかありやしない」〉と言はれると、〈「私悲しくなつて仕様がないんです。涙が出て猶の事自分の悪い所が聞きたくなるんです」〉と言う。つまり静は〈「私に責任がある」〉のか、〈「私に悪い所がある」〉のか、とは〈「私からあゝなつたのか」〉、〈「それが知りたい」〉のである。

しかし、そうして〈推測を突き留め〉た結果の〈「思い中る事」〉が、逆に〈「私の責任丈はなくなる」〉底のものであったというのは、皮肉というか、静の幸せである。が、おそらくここには、静の無意識の自己防衛、さらに言えば自己欺瞞があるのかもしれない。つまり静は、本当の本当を知ろうとしながら、同時にそれを必死に回避しているのだ。

無論、無意識とはいえ、それを静のエゴイズムと言わざるをえない。が、そうだとしても静を非難することは出来ない。その自己防衛、自己欺瞞こそが、同時に夫への静の愛を支えているのだ。――〈「先生は私を離れゝば不幸になる丈です。或は生きてゐられないかもしれませんよ。さういふと、己惚になるやうですが、私は今先生を人間として出来る丈幸福にしてゐるんだと信じてゐますわ。どんな人があつても私程先生を幸福にできるものはないと迄思ひ込んでゐますわ。それだから斯うして落ち付いてゐられるんです」〉。

この意味で静は、夫への愛、そして自負を守るべく、必死に自らの罪（よしそれがあったとしても）を、自らに隠蔽しているといえよう。そしてここに、静の懸命な愛の姿があるのだ。

さて、この夜の〈私〉と静の会話はこうして閉じられ、〈私〉は次のような感想を記す。すなわち、《私は私のつらまえた事実の許す限り、奥さんを慰めやうとした。奥さんも亦出来る丈私によつて慰さめられたさうに見えた。それで二人は同じ問題をいつまでも話し合つた。けれども私はもと〳〵

事の大根を攫んでゐなかつた。奥さんの不安も実は其所に漂よふ薄い雲に似た疑惑から出て来てゐた。事件の真相になると、奥さん自身にも多くは知れてゐなかつた。知れてゐる所でも悉皆《すつかり》は私に話す事が出来なかつた。従つて慰める私も、慰められる奥さんも、共に波に浮いて、ゆら〳〵してゐた。ゆら〳〵しながら、奥さんは何処迄も手を出して、覚束ない私の判断に縋り付かうとした。》(上ノ二十)

だが、この夜の記述はこれで終わりとならない。

《十時頃になつて先生の靴の音が玄関に聞こえた時、奥さんは急に今迄の凡てを忘れたやうに、前に坐つてゐる私を其方《そつち》退《の》けにして立ち上つた。さうして格子を開ける先生を殆んど出会頭に迎へた。私は取り残されながら、後から奥さんに尾いて行つた。下女丈は仮寐《うたゝね》でもしてゐたと見えて、ついに出て来なかつた。

先生は寧ろ機嫌がよかつた。然し奥さんの調子は更によかつた。今しがた奥さんの美くしい眼のうちに溜つた涙の光と、それから黒い眉毛の根に寄せられた八の字を記憶してゐた私は、其変化を異常なものとして注意深く眺めた。もしそれが詐りでなかつたならば、(実際それは詐りとは思へなかつたが)、今迄の奥さんの訴へは感傷《センチメント》を玩ぶためにとくに私を相手に拵えた、徒らな女性の遊戯と取れない事もなかつた。尤も其時の私には奥さんをそれ程批評的に見る気は起らなかつた。私は奥さんの態度の急に輝やいて来たのを見て、寧ろ安心した。是ならばさう心配する必要もなかつたんだと考へ直した。

先生は笑ひながら「どうもご苦労さま、泥棒は来ませんでしたか」と私に聞いた。それから「来ないんで張合が抜けやしませんか」と云つた。

帰る時、奥さんは「どうも御気の毒さま」と会釈した。其調子は忙がしい処を暇を潰させて気の毒だといふよりも、折角来たのに泥棒が這入らなくつて気の毒だといふ冗談のやうに聞こえた。奥さんはさう云いながら、先刻出した西洋菓子の残りを、紙に包んで私の手に持たせた。私はそれを袂へ入れて、人通りの少ない夜寒の小路を曲折して賑やかな町の方へ急いだ。》

ところで、この〈其時の私には奥さんをそれ程批評的に見る気は起らなかつた〉という一文について石原千秋氏は、〈「その時の私には奥さんをそれ程批評的に見る気は起らなかつた」と言うのならば、先生の遺書を読んだ「いま」は、青年もまた静への「疑惑」を抱いているはずだ〉（傍点石原氏）と述べている。

なるほど遺書の中で、先生は度々静への〈猜疑心〉（下ノ十五）を語っている。〈奥さんと同じやうに御嬢さんも策略家ではなからうか〉（同）〈御嬢さんの技巧〉（同三十四）――。そして実際静は、結果的に、Kと夫二人の男への加害者の役割を演じてしまったのだ。

しかし、すでに見て来たように、静はそれら一切について、なにも気付いていない。だから、ほとんど無意識に過ぎた罪――。が静はその無意識の罪を十分罰せられている。〈「私からあゝなつたのか」〉と問いつつ、なんの答えも返ってこないという形において。そしてそれこそが、この夜の静の涙の意味ではなかったか。

おそらく〈私〉はあの夜のことに加え、先生の遺書を読んで、〈事件の真相〉を知った今も、一貫して〈奥さんは今でもそれを知らずにゐる〉と信じているにちがいない。そしてそうだとすれば、〈私〉の目に映じているのは依然〈事件の真相〉を知ろうとして苦しみ悶える静の姿ではなかったか。

しかし翻って、静がみんな知っていたとすれば、なるほどあの夜の静の涙は、自身生涯の〈秘密〉を種とした〈徒らな女性の遊戯〉ということになる。とすれば静は、その自身生涯の〈秘密〉にもなんら傷つくこともなく、〈私〉相手に余裕綽々の演技をしていたことになる。

だが繰り返すまでもなく、静はなにも知らない。だからそんな演技をする余裕もなく余地もないのだ。

おそらくこれは、〈今しがた奥さんの美くしい眼のうちに溜つた涙の光と、それから黒い眉毛の根に寄せられた八の字を記憶してゐた私〉が、夫の帰宅を嬉々として迎える妻の豹変ぶりを〈今〉(執筆時)想い起こし、〈今迄の奥さんの訴へは感傷《センチメント》を玩ぶためにとくに私を相手に拵えた、徒らな女性の遊戯と取れない事もな〉いと微苦笑している図なのであり、[*4]〈其時の私には奥さんをそれ程批評的に見る気は起らな〉いといっているのではないか。[*5]

＊4　あくまでも女性一般あるいは女性特有の〈遊戯〉といっているので、静個人を非難しているわけではない。そしてここにはその後の長い経験のうちに培われた〈私〉の女性に対する、あるいは女性を見る目の成熟があったとでも取っておいた方がよいだろう。もとより先生の遺書を読んだ〈私〉には、静が無辜でないことは判っている。しかし先生の死に茫然自失、

しかも今もなにも知らずに苦しんでいる静を、はたして〈私〉は、ことさら〈批評的に見る気〉になったろうか。

＊5　もっとも石原氏の言及は、先生の遺書を読んだ〈私〉が、静がみんな知っていることを知っていること、だから静を〈批評的〉にみていること、しかしにもかかわらず、〈「批評的」に見なければならなくても、その人を愛することはあり得るはず〉という、その後の〈私〉と静の〈結婚〉、いわば二人の〈大人同士〉の〈結婚〉という〈驚くべき〉結末を導き出すためのものといえよう。なおこの〈結婚〉説については後で論じる。

さて、先生は遺書の終わりで次のように記す。

《私の亡友に対する斯うした感じは何時迄も続きました。実は私も初からそれを恐れてゐたのです。年来の希望であつた結婚すら、不安のうちに式を挙げたと云へば云へない事もないでせう。然し自分で自分の先が見えない人間の事ですから、ことによると或は是が私の心持を一転して新らしい生涯に入る端緒になるかも知れないとも思つたのです。所が愈《いよ〱》夫として朝夕妻《さい》と顔を合せて見ると、私の果敢ない希望は手厳しい現実のために脆くも破壊されてしまひました。私は妻と顔を合せてゐるうちに、卒然Kに脅かされるのです。つまり妻が中間に立つて、Kと私を何処迄も結び付けて離さないやうにするのです。妻の何処にも不足を感じない私は、たゞ此の一点に於て彼女を遠ざけたがりました。すると女の胸にはすぐ夫が映ります。映るけれども、理由は解らないのです。私は時々妻から何故そんなに考へてゐるのだとか、何か気に入らない事があるのだらうとかいふ詰問を受けました。笑つて済ませる時はそれで差支ないのですが、時によると、妻の癇も高じて来ます。しまひには「あなたは私を嫌つてゐらつしやるんでせう」とか「何でも私に隠してゐらつしやる事があるに違ない」とかいふ怨言も聞かなくてはなりません。私は其度に苦しみました。
　私は一層思ひ切つて、有りの儘を妻に打ち明けやうとした事が何度もあります。然しいざといふ間際になると自分以外のある力が不意に来て私を抑え付けるのです。私を理解してくれる貴方の事だから、説明する必要もあるまいと思ひますが、話すべき筋だから話して置きます。其時分の私は妻に対して己を飾る気は丸でなかつたのです。もし私が亡友に対すると同じやうな善良な心で、妻の前に懺悔の言葉を並べたなら、妻は嬉し涙をこぼしても私の罪を許してくれたに違ないのです。それを敢てしない私に利害の打算がある筈はありません。私はたゞ妻の記憶に暗黒な一点を印するに忍びなかつたから打ち明けなかつたのです。純白なものに一雫の印気でも容赦なく振り掛けるのは、私にとつて大変な苦痛だつたのだと解釈してください。》(下ノ五十二)
　その後先生は〈書物に溺れ〉(同)、〈酒に魂を浸して、己れを忘れやうと〉(同五十三)する。そんな先生に対し、〈妻は度々何処が気に入らないのか遠慮なく云つて呉れと頼みました〉(同)。《ある時は泣いて「貴方は此頃人間が違つた」と云ひました。それ丈なら未可いのですけれども、「Kさんが生きてゐたら、貴方もそんなにはならなかつたでせう」と云ふのです。私は左右かも知れないと答へた事がありましたが、私の答へた意味と、妻の了解した意味とは全く違つてゐたのですか

ら、私は心のうちで悲しかつたのです。それでも私は妻に何事も説明する気にはなれませんでした。》（同）

《其内妻の母が病気になりました。医者に見せると到底癒らないといふ診断でした。私は力の及ぶかぎり懇切に看護をしてやりました。是は病人自身の為でもありますし、又愛する妻の為でもありましたが、もつと大きな意味からいふと、ついに人間の為でした。》（同五十四）

《母の亡くなつた後、私は出来る丈妻を親切に取り扱かつて遣りました。たゞ当人を愛してゐたから許ではありません。私の親切には箇人を離れてもつと広い背景があつたやうです。丁度妻の母の看護をしたと同じ意味で、私の心は動いたらしいのです。妻は満足らしく見えました。けれども其満足のうちには、私を理解し得ないために起るぼんやりした稀薄な点が何処かに含まれてゐるやうでした。然し妻が私を理解し得たにした所で、此物足りなさは増すとも減る気遣はなかつたのです。女には大きな人道の立場から来る愛情よりも、多少義理をはづれても自分丈に集注される親切を嬉しがる性質が、男よりも強いやうに思はれますから。

妻はある時、男の心と女の心とは何うしてもぴたりと一つになれないものだらうかと云ひました。私はたゞ若い時ならなれるだらうと曖昧な返事をして置きました。妻は自分の過去を振り返つて眺めてゐるやうでしたが、やがて微かな溜息を洩らしました。》（同）

《私はたゞ人間の罪といふものを深く感じたのです。其感じが私をKの墓へ毎月行かせます。其感じが私に妻の母の看護をさせます。さうして其感じが妻に優しくして遣れと私に命じます。私は其感じのために、知らない路傍の人から鞭たれたいと迄思つた事もあります。斯うした階段を段々経過して行くうちに、人に鞭たれるよりも、自分で自分を鞭つ可きだといふ気になります。自分で自分を鞭つよりも、自分で自分を殺すべきだといふ考が起ります。私は仕方がないから、死んだ気で生きて行かうと決心しました。

私がさう決心してから今日迄何年になるでせう。私と妻とは元の通り仲良く暮して来ました。私と妻とは決して不幸ではありません、幸福でした。然し私の有つてゐる一点、私に取つては容易ならん此一点が、妻には常に暗黒に見えたらしいのです。それを思ふと、私は妻に対して非常に気の毒な気がします。》(同)

注意すべきことは、こうした先生の遺書の記述と、あの秋の夜の静の言葉との一々が完全に重なることである。

〈妻の何処にも不足を感じない私は、たゞ此一点に於て彼女を遠ざけたがりました。すると女の胸にはすぐ夫が映ります。映るけれども、理由は解らないのです。私は時々妻から何故そんなに考へてゐるのだとか、何か気に入らない事があるのだらうとかいふ詰問を受けました〉。〈しまひには「あなたは私を嫌つてゐらつしやるでせう」とか、「何でも私に隠してゐらつしやる事があるに違ない」とかいふ怨言も聞かなくてはなりません〉。〈妻は度々何処が気に入らないのか遠慮なく云つて呉れと頼みました〉。〈ある時は泣いて「貴方は此頃人間が違つた」と云ひました。それ丈なら未可いのですけれども、「Kさんが生きてゐたら、貴方もそんなにはならなかつたでせう」と云ふのです〉。そして

〈私の有つて云る一点、私に取つては容易ならん此一点が、妻には常に暗黒に見えたらしいのです〉。

――

しかもそれゆえに、〈私は其晩の事を記憶のうちから抽き抜いて此所へ詳しく書いた。是は書く丈の必要があるから書いたのだが、実をいふと、奥さんに菓子を貰つて帰るときの気分では、それ程当夜の会話を重く見てゐなかつた〉（上ノ二十）という。そして翌日、その菓子を〈食ふ時に、必竟此菓子を私に呉れた二人の男女は、幸福な一対として世の中に存在してゐるのだと自覚し〉（同）たというのである。

が、いま〈私〉は先生の遺書を読み、当夜の会話における静の言葉の重さに気づき、それを〈此所へ詳しく書いた〉（同）という次第なのだ。そしてここまで来れば、静はあの夜もなにも知らず、〈今でもそれを知らずにゐる〉ということを、〈私〉はたしかな確信を持って断言していたといえよう。

だがそれにしても、こうまで静に迫られながら、先生はなぜ真実を語らなかったのか。

先生は〈たゞ妻の記憶に暗黒な一点を印するに忍びなかつた〉と言い、〈純白なるものに一雫の印気でも容赦なく振り掛けるのは、私にとつて大変な苦痛〉と言っている。また遺書の最後にも〈妻が己れの過去に対してもつ記憶を、成るべく純白に保存して置いて遣りたい〉（下ノ五十六）とも言う。あるいはかつて、卓上のリンネルはもとよりカラやカフスに至るまで、〈「汚れたのを用ひる位なら、一層《いつそ》始から色の着いたものを使ふが好い。白ければ純白でなくつちや」〉（上ノ三十二）と言っている。どうやら先生には〈「純白」〉に対する強いこだわりがあるようだ。

しかし無論、先生はそんな自らの美意識に囚われて、妻に真実を語れなかったのではない。そしてまた先生は、〈其時分の私は妻に対して己を飾る気は丸でなかつた〉という。もし〈妻の前に懺悔の言葉を並べたなら、妻は嬉し涙をこぼしても私の罪を許してくれたに違ない〉ともいう。しかもなお先生は妻に真実を語ることが出来なかったのである。

そしてその理由はただ一つ（と言って、もはや言うまでもないが）、先生が真実を語ったとき、とは静が、Kの死と夫の心の変化、そしてその後に起こったこと一切に、自らが決定的な役割を担っていたことを知るときであり、そうだとしたらその時、静がおそらく己れ（先生）とまったく同じ自責と破滅の道を辿らなければならないことを恐れたからではないか。〈世の中で自分が最も信愛してゐるたつた一人の人間すら、自分を理解してゐないのかと思ふと、悲しかつたのです。理解させる手段があるのに、理解させる勇気が出せないのだと思ふと益《ます》〳〵悲しかつたのです。私は寂寞でした。何処からも切り離されて世の中にたつた一人住んでゐるやうな気のした事も能くありました〉（下ノ五十三）と先生は言う。そしておそらく、ここに先生の、静への矛盾にみちた愛の姿があったのである。

さて、もう一箇所、静への疑問なしとしない箇所がある。（上ノ十四）、先生の家で先生と〈私〉の間に会話が交される次の場面である。

《年の若い私は稍ともすると一図になり易かつた。少なくとも先生の眼にはさう映つてゐたらしい。私には学校の講義よりも先生の談話の方が有益なのであつた。教授の意見よりも先生の思想の方が有り難いのであつた。とゞの詰まりをいへば、教壇に立つて私を指導して呉れる偉い人々よりも只独りを守つて多くを語らない先生の方が偉く見えたのであつた。

「あんまり逆上《のぼせ》ちや不可ません」と先生がいつた。

「覚めた結果として左右思ふんです」と答へた時の私には充分の自信があつた。其自信を先生は肯がつて呉れなかつた。

「あなたは熱に浮かされてゐるのです。熱がさめると厭になります。私は今のあなたから夫程に思はれるのを、苦しく感じてゐます。然し是から先の貴方に起るべき変化を予想して見ると、猶苦しくなります」

「私はそれ程軽薄に思はれてゐるんですか。それ程不信用なんですか」

「私は御気の毒に思ふのです」

「気の毒だが信用されないと仰しやるんですか」

先生は迷惑さうに庭に方を向いた。其庭に、此間迄重さうな赤い強い色をぽた〳〵点じてゐた椿の花はもう一つも見えなかつた。先生は座敷から此椿の花をよく眺める癖があつた。

「信用しないつて、特にあなたを信用しないんぢやない。人間全体を信用しないんです」

其時生垣の向ふで金魚売らしい声がした。其外には何の聞こえるものもなかつた。大通りから二丁も深く折れ込んだ小路《こうじ》は存外静かであつた。家の中は何時もの通りひつそりしてゐた。私は次の間に奥さんのゐる事を知つてゐた。黙つて針仕事か何かしてゐる奥さんの耳に私の話し声が聞こえるといふ事も知つてゐた。然し私は全くそれを忘れて仕舞つた。

「ぢや奥さんも信用なさらないんですか」と先生に聞いた。

先生は少し不安な顔をした。さうして直接の答を避けた。

「私は私自身さへ信用してゐないのです。つまり自分で自分が信用出来ないから、人も信用できないやうになつてゐるのです。自分を呪ふより仕方がないのです」

「さう六づかしく考へれば、誰だつて確かなものはないでせう」

「いや考へたんぢやない。遣つたんです。遣つた後で驚ろいたんです。さうして非常に怖くなつたんです」

私はもう少し先迄同じ道を辿つて行きたかつた。すると襖の陰で「あなた、あなた」といふ奥さんの声が二度聞こえた。先生は二度目に「何だい」といつた。奥さんは「一寸」と先生を次の間へ呼んだ。二人の間に何んな用事が起つたのか、私には解らなかつた。それを想像する余裕を与へない程早く先生は又座敷へ帰つて来た。

「兎に角あまり私を信用しては不可ませんよ。今に後悔するから。さうして自分が欺むかれた返報に、残酷な復讐をするやうになるものだから」

「そりや何ういふ意味ですか」

「かつては其人の膝の前に跪づいたといふ記憶が、今度は其人の頭の上に足を載せさせやうとするのです。私は未来の侮辱を受けないために、今の尊敬を斥ぞけたいと思ふのです。私は今より一層淋しい未来の私を我慢する代りに、淋しい今の私を我慢したいのです。自由と独立と己れとに充ちた現代に生れた我々は、其犠牲としてみんな此淋しみを味はわなくてはならないでせう」

私はかういふ覚悟を有つてゐる先生に対して、云ふべき言葉を知らなかつた。》

ことにも、隣座敷から突然静が先生を呼ぶ〈奇妙な出来事〉（石原氏）の意味――。石原氏はそれを、〈「みんな」知っていた静が、この問題についてそれ以上深く話さないように先生を止めたのだという風に理解できる〉といっている。が、ことはそう簡単な話ではない。

たしかに静は制止した。しかしそれは第三者の〈私〉に、それ以上深入りさせないために止めたのではない。むしろ静は自分のために先生の話を止めたのではないか？

この場面、先生が〈「特にあなたを信用しないんぢやない。人間全体を信用しないんです」〉と、いわば話を一般論に敷衍しながら、次第にあの〈秘密〉の核心に迫りつつあるのを、静は全身を耳にしながら、息を凝らして聞いていたにちがいない。が、にもかかわらず静はその〈秘密〉の核心を聞いたら最後、自らが即座に氷と化し石と化してしまうことに脅えていたので、だから静はまさに耳を塞ぐ思いで夫を呼んだのである。

つまり静は、自身のために先生の言葉を遮ったのだ。すでに述べたように、静はいわば本当の本当を知ろうとしながら、ここでも同時に、いわば最後の言葉を必死に回避していたのではないか。

が、あるいはこうも考えられる。――静は襖の向こうの夫と青年の会話を聞きながら、それこそ、これまで何度となく交わされた夫と自分との、まさに不毛の会話を想い起こしていたかもしれない。

〈「私は今迄何遍あの人に、何うぞ打ち明けて下さいつて頼んで見たか分りやしません」〉。だがそれに対し、夫はその度に〈「世の中が嫌になつたから、私迄も嫌になつたんだ」〉、あるいは〈「先生は世間が嫌なんでせう。世間といふより近頃では人間が嫌になつてゐるんでせう。だから其人間の一人として、私も好かれる筈がないぢやありませんか」〉と静をして言わしめざるをえないような、いわばそんな一般論のレベルに、問題を拡げ、摩り替えては答えを返して来たのだ。丁度〈私〉が〈「それ程不信用なんですか」〉と尋ねた時、先生が〈直接の答を避け〉て、〈「特にあなたを信用しないんぢやない。人間全体を信用しないんです」〉と答えたように——。[*6]

思えばあの秋の一夜、静が〈「あなたは学問をする方丈あつて、中々御上手ね。空つぽな理窟を使ひこなす事が」〉と言い、〈「議論はいやよ。よく男の方は議論だけなさるのね、面白さうに。空の盃でよくあゝ飽きずに献酬が出来ると思ひますわ」〉と、〈少し手痛《てひど》〉い言葉を使ったのも、あれは〈私〉に対してではなく、むしろ夫に対してであったのかもしれない。

つねに静の心をはぐらかし（〈直接の答を避け〉）て、所詮一般論で煙に巻く（?）夫の〈「空つぽな理窟」〉や〈「議論」〉を、だから静はその意味でも、耳を塞ぐ思いで遮ったのかもしれない。[*7] 静は思わず話に熱中する隣座敷の夫に声をかける。むしろ静は、そんな相変わらずの〈「空つぽな理窟」〉よりも、〈私〉の言うように、〈もっと底の方に沈んだ心を大事にしてゐ〉たのだ。[*8]

＊6　（上ノ三十）でも先生は、〈「私は彼等を憎む許ぢやない。彼等が代表してゐる人間といふものを、一般に憎む事を覚えたのだ」〉という。

＊7　妻の母が病気になった時、先生は〈力の及ぶかぎり懇切に看護〉するが、それは〈ついに人間の為〉だったといっていた。そして母の死後、〈出来る丈妻を親切に取り扱かつて遣るが、その〈親切には箇人を離れてもつと広い背景があつたやう〉だと言う。しかしおそらく静は、ただ〈大きな人道の立場から来る愛情よりも、多少義理をはづれても、自分丈に集注される親切〉を待っていたのではないか。

＊8　しかし再び座敷に帰って来た先生は、決して、抽象的な〈「議論」〉を止めはしない。〈「自由と独立と己れとに充ちた現代に生れた我々は、其犠牲としてみんな此淋しみを味はわなくてはならないでせう」〉――。そしてこの時も静は、〈男の心と女の心とは何うしてもぴたりと一つになれないものだらうか〉と、〈微かな溜息を洩らし〉ていたかもしれない。

2

「こゝろ」の冒頭は次のように書き出されている。

《私は其人を常に先生と呼んでゐた。だから此所でもたゞ先生と書く丈で本名は打ち明けない。是は世間を憚かる遠慮といふよりも、其方が私に取つて自然だからである。私は其人の記憶を呼び起すごとに、すぐ「先生」と云ひたくなる。筆を執つても心持は同じ事である。余所々々しい頭文字抔は

とても使ふ気にならない。》（上ノ一）

たしかにこのわずかな数行は、種々の事を考えさせる。まず先生という人物に対する〈私〉の変わらぬ敬愛である。過去も、そして〈今〉も、〈私〉はつねに、いわば人生の〈師〉として〈その人〉を畏敬し続けているのだ。

《私は最初から先生には近づき難い不思議があるやうに思つてゐた。それでゐて、何うしても近づかなければ居られないといふ感じが、何処かに強く働らいた。斯ういふ感じを先生に対して有つてゐたものは、多くの人のうちで或は私だけかも知れない。然し其私丈には此直感が後になつて事実の上に証拠立てられたのだから、私は若々しいと云はれても、馬鹿気てゐると笑はれても、それを見越した自分の直覚をとにかく頼もしく又嬉しく思つてゐる。人間を愛し得る人、愛せずにはゐられない人、それでゐて自分の懐に入らうとするものを、手をひろげて抱き締める事の出来ない人、——是が先生であつた。》（上ノ六）

と〈私〉は言う。〈多くの人のうちで或は私だけ〉が〈直感〉そして〈直覚〉し、しかも〈私〉だけに宛てられた遺書を通して、まさに自らの壮絶な愛と悔恨の人生悲劇を語ってくれた人——〈これが先生〉なのだ。[*9]

だから〈私〉は、〈其人の記憶を呼び起すごとに、すぐ「先生」と云ひたくなる〉。〈其方が私に取つて自然だからである〉。その意味で、〈余所々々しい頭文字抔はとても使ふ気にならない〉。そして〈是は世間を憚かる遠慮〉などでは決してない——。

＊9　ただ〈私〉がその人を〈我が師〉と思い込んだについては、こうした人間的、内在的な紐帯を〈直感〉〈直覚〉しただけではないことは後に触れる。つまりその人を〈我が師〉と思い込んだについては、それ以前の、〈私〉には自覚されない、いわば社会的、外在的な理由があったことを見逃してはならない。

ただ石原千秋氏は、この〈是は世間を憚かる遠慮といふよりも〉という一文（そしてほとんどこの一文だけ）から、この手記が〈「世間」に向けて公表するつもりで書き始めていることがわか〉ると言っている。

そしてさらに、そうだとするとそのことは〈先生の遺書の最後の言葉と矛盾〉するとして、次の一節を挙げている。

《私は私の過去を善悪ともに他の参考に供する積です。然し妻《さい》だけはたつた一人の例外だと承知して下さい。私は妻には何にも知らせたくないのです。妻が己れの過去に対してもつ記憶を、成るべく純白に保存して置いて遣りたいのが私の唯一の希望なのですから、私が死んだ後でも、妻が生きてゐる以上は、あなた限りに打ち明けられた私の秘密として、凡てを腹の中に仕舞つて置いて下さい。》（下ノ五十六）

なるほどすでに触れたように、〈私〉は〈奥さんは今でもそれを知らずにゐる〉と書いていた。とすれば、静は〈今〉でも生きていることになる。が、そうだとすれば〈静が生きている現在、青年はなぜこの手記と先生の遺書とを、公表しようとするの〉か、と言うのである。

しかしこの石原氏の疑問には、次のごとく答えることが出来るだろう。

これもすでに述べたように、この手記（正確にいえば自分の手記と先生の遺書とをセットしたもの）はあくまで明治から大正初年のかけてのことを、相当の時間を隔てて（大正十六、七年？　あるいはもっと後に）書き記されたものであり、だから当然、夏目漱石が大正三年の春から夏にかけて「朝日新聞」に連載したものとは〈別物〉と考えなければならない、ということである。[*10]

＊10　石原氏も〈青年の手記と先生の遺書とのセットと『こころ』という小説とは、別物〉といっている。

が、そうだとしたら、もしかするとこの〈セット〉は、〈私〉が書き、そして先生の遺書とともに、誰の目にも触れさせず、久しく筐底深く秘していたものといえないか。[*11]

＊11　そして本当になにかの偶然のように、漱石の「こゝろ」という小説を通して、人はいまその〈セット〉に目を通している。――そしてこれは石原氏の顰みに倣っていえば、〈文学的想像力の問題〉なのだ。

またそうとでも考えないかぎり、あの〈私〉の先生に寄せた信愛と信義は、たとえいかなる理由があろうとも、一切欺瞞だったことにならないか。〈私が死んだ後でも、妻が生きてゐる以上は、あなた限りに打ち明けられた私の秘密として、凡てを腹の中に仕舞つて置いて下さい〉と切願する先生との約束に背き、しかも静の目に触れるのも厭わず、〈私〉がすべてを公表すると考えるのは、だからいかにも心ない臆断といわなければならない。

なるほど、〈世間を憚かる遠慮〉という言葉には、〈公表するに際し〉というニュアンスがあるかもしれない。しかしこれは文字通り、先生と呼んだ方が〈私に取つて自然だから〉であり、だから一般的にいわゆる〈世間を憚かる遠慮〉などからではなく、ましてや〈余所々々しい頭文字抔はとても使ふ気にならない〉と素直にとれば、なんの問題にもならないといえよう。

しかし石原氏は、こうして〈私〉が、〈余所々々しい頭文字抔はとても使ふ気にならない〉とまで尊敬して止まぬ先生が、親友を〈K〉という〈余所々々しい頭文字〉で記しているのを取り上げ、これを〈先生への敬愛の情の表明の形を借りた隠微な批判ではない〉か、と言っている。そして〈私〉が〈この手記を先生の遺書の全体を否定するかのような言葉で語り始めている〉ことの意味を問うのだ。

ところで、この石原氏の論には、以前書かれた氏自身の論と小森陽一氏の論の色濃い反映が見られる。[*12]

*12　石原氏のは「『こゝろ』のオイディプス―反転する語り―」(「成城国文学」昭和六十年三月、のち『反転する漱石』青土社、平成九年十一月所収)。小森氏のは「『こころ』を生成する心臓《ハート》」(「成城国文学」昭和六十年三月、改稿されてちくま文庫『こころ』解説、昭和六十年十二月、のち『文体としての物語』筑摩書房、昭和六十三年四月所収)。以下小森氏からの引用、言及はすべてこの書による。なお傍点は小森氏。

小森氏はそこで、〈私〉の言葉が、〈「先生」という存在への全面的な共感を印象づける動きをしている〉のに対し、〈親友をKと「余所々々しい頭文字」で現してしまった「下―先生と遺書」の言葉は、他者の存在を対象化し、客体化する極限、つまり文字通り他者を記号化――一義的な意味へ同一化してしまうような、三人称的なかかわりを現してしまったものとなる〉と言っている。

逆から言えば、先生がつねに〈人の「こころ」を観察と分析によって対象化、客体化すること、いわば事物と等しいモノとしてとりあつかう〉のに対し、〈「私」は自らの手記の書き方を通して〉、とはつまり〈余所々々しい頭文字抔はとても使ふ気にならない〉という書き方を通して、〈このような「先生」の反省的に記される過去の書き方に対しても、差異を明確にしている〉と言う。

さらに（上ノ七）の次の箇所を引用――、

《然し私は先生を研究する気で其宅《うち》へ出入りをするのではなかつた。私はたゞ其儘にして打過ぎた。今考へると其時の私の態度は、私の生活のうちで寧ろ尊むべきものゝ一つであつた。私は全くそのために先生と人間らしい温かい交際《つきあひ》が出来たのだと思ふ。もし私の好奇心が幾分でも先生の心に向つて、研究的に働らき掛けたなら、二人の間を繋ぐ同情の糸は、何の容赦もなく其時ふつりと切れて仕舞つたらう。若い私は全く自分の態度を自覚してゐなかつた。それだから尊いのかも知れないが、もし間違へて裏へ出たとしたら、何んな結果が二人の仲に落ちて来たらう。私は想像してもぞつとする。先生はそれでなくても、冷たい眼《まなこ》で研究されるのを絶えず恐れてゐたのである。》

だから、〈私〉は先生を〈観察〉も〈研究〉もしない。ただ〈直感〉〈直覚〉するだけだという。もとより〈思惟や意識〉が、〈頭〉で行われるのに対し、〈直感〉〈直覚〉は、〈熱い「血潮」が循環する「胸」〉で行われるという。そして〈「私」が「失望」をくりかえしながらも、「先生」にひかれ、彼に向かって進んでいくのは、「胸」を流れる「若い血」が「先生にだけ」は「素直に働」（上ノ四）いたからにほかならない〉と続けるのである。

そしてさらに、〈私〉はだから〈決して相手を「冷たい眼《まなこ》」で「研究」するようなかかわり方をしない〉。まただからこそ〈私〉は〈「先生」との「人間らしい温かい交際《つきあひ》」〉が出来たのであり、まただからこそ先生の遺書は、〈「私」の「こころ」の中でそれ自身の意味からずらされ、新しい意味を生成するものとして、あたかも、刻一刻と生を更新しつづけるために心臓からおくり出される血液のように、流れつづけるのである〉と言うのである。*13

*13　ただここで筆者の率直な感想を言わせてもらえば、〈私〉が先生を〈先生〉と呼び、先生が親友を〈K〉と呼ぶことに、それほどの本質的な差異が秘められているのだろうか。〈私〉と先生の関係はしばらく措くとして、先生はKのことを〈其男が私の此家庭の一員となつた結果、私の運命に非常な変化を来し〉（下ノ十八）たとか、〈もし其男が私の生活の行路を横切らなかつたならば、恐らくかういふ長いものを貴方に書き残す必要も起らなかつた〉（同）という。そして仕舞いには〈私は手もなく、魔の通る前に立つて、其瞬間の影に一生を薄暗くされて気が付かずにゐた〉（同）とさえいうのである。Kとはまさに〈魔〉なのであり、先生の〈一生〉を暗く閉ざした絶望と悔恨の根源。だから先生にとってKとは〈余所々々しい頭

文字〉どころの騒ぎではない。まさに胸潰れ心震わせずにはいない、自分の人生の絶望と悔恨の根源の象徴文字なのではないか。が、それはともかく、小森氏の論は、ただ氏のいわゆるこの〈差異〉一点から立論されていると言っても過言ではない。

それに加えて、先生がその過去を語るに当たって言った有名な一節、〈あなたは私の過去を絵巻物のやうに、あなたの前に展開して呉れと迫つた〉(下ノ二)以下、《私は其時心のうちで、始めて貴方を尊敬した。あなたが無遠慮に私の腹の中から、或生きたものを捕まへやうといふ決心を見せたからです。私の心臓を立ち割つて、温かく流れる血潮を啜らうとしたからです。其時私はまだ生きてゐた。死ぬのが厭であつた。それで他日を約して、あなたの要求を斥けてしまつた。私は今自分で自分の心臓を破つて、其血をあなたの顔に浴せかけやうとしてゐるのです。私の鼓動が停つた時、あなたの胸に新らしい命が宿る事が出来るなら満足です。》(同)を引き、小森氏は、〈その「血潮」は「先生」の「鼓動が停つた時」に、遺書を受け取った「私」の「胸に新らしい命」を「宿」らせるものとして流れつづけるのでなければならない〉と言う。たしかに〈私〉はすでに、〈心のうちで〉、〈本当の父〉と〈あかの他人〉である先生とを比較しながら、〈肉のなかに先生の力が喰ひ込んでゐると云つても、血のなかに先生の命が流れてゐると云つても、其時の私には少しも誇張でないやうに思はれた〉(以上、上ノ二十三)と言っていた。いわば先生への、こうした〈身体的合一感〉(小森氏)を土台にして、〈私〉は先生の遺書に強い衝撃を受ける。つまり先生の〈血〉をめぐる言葉、〈血〉の呼びかけに答えてゆくのだと小森氏はいうのである。

だが、小森氏はここで満を持していたかのように、一際声高に、次のように言う。——〈私〉は〈最終的に臨終近い父を捨て、「先生」のもとへ、否、たった一人残された「奥さん」のもとへはしることになるのだ〉と。

《ここには、父親を捨てることに対し「不自然」さや非合理性を感じるような論者たちの、やわな家族的倫理観を超えた、新たな「血」の倫理が獲得されているといえよう。読者は、「私」の胸に流れる新しい「血」の論理に呼応しながら、既成の家族観を乗り越え、自らの心臓の鼓動をとおして、新しい人間関係の倫理をつむぎ出す言葉を打ち出していかねばならない。*14》

*14 この飛躍と独断に満ちた論にこれ以上つきあうのは、実のところシンドイ。しかしこうした論が〈驚くべき謎が解かれる!〉(石原氏の本の帯にある)〈新説〉として、さらに〈定説〉として、浮薄にもて囃されることをおそれつつ、いますこしつきあっていかなければならない。

さて、この手記のいわば最終シーンが、おそらく大正元年の九月末(あるいは十月初め)、〈私〉が臨終近い父を捨て、〈東京行の汽車に飛び乗つ〉(中ノ十八)た場面であることを確認しよう。そしてその時、すでに〈私〉には、〈やわな家族的倫理観を超えた、新たな「血」の倫理が獲得されている〉という。

小森氏はさらに、〈「私」ははっきり既存の「血」の論理と訣別した〉、あるいは〈新たな「血」の

「論理」と論理を生きはじめた〉という。そしておそらくここには、あの〈その言葉は「私」の「こころ」の中でそれ自身の意味からずらされ、新しい意味を生成するものとして、あたかも、刻一刻と生を更新しつづけるために心臓からおくり出される血潮のように、流れつづける〉という意味の、いわばもっともたしかな実践（!?）として〈私〉と静とのまさに文字通りの〈血〉のつながりが、予測され、予断されているのだろう。

小森氏は続いて、〈私〉と静が、やがて結ばれるべき証拠の文章をいくつか例示する。

たとえば（下ノ十四）の箇所——。

《もし愛といふ不可思議なものに両端《りやうはじ》があつて、其高い端には神聖な感じが働いて、低い端には性欲が動いてゐるとすれば、私の愛はたしかに其高い極点を捕まへたものです。私はもとより人間として肉を離れる事の出来ない身体でした。けれども御嬢さんを見る私の眼や、御嬢さんを考へる私の心は、全く肉の臭を帯びてゐませんでした。》（傍点小森氏）

そして小森氏は、〈「先生」は「御嬢さん」との「愛」において、「肉を離れる事の出来ない」「人間として」の「身体」を抹殺し、切り捨てようとしている。精神と肉体をあわせもった人間の存在を、その全体性として受けとめ、つつみこみ、かかわりあうはずの「愛」を、「先生」は「高い端」の「神聖」さと、「低い端」の「性欲」とに二分化してしまう。そして「高い極点」のみを選びとろうとし、「肉の臭」を排除しようとするのだ〉と言い、〈それはとりもなおさず「人間として」の自分を、つまりは「肉を離れる事の出来ない」「身体」を「愛」の現場から疎外し、闇の中に葬ってしまうことにほかならない〉と言うのである。

しかもそれに対し、〈精神であると同時に身体でもある、熱い血潮の流れる「胸」で「先生」とかかわっていた「私」は、「奥さん」とも「心臓《ハート》」でかかわり始めていた〉という。そしてその時はすでに早く、あの秋の一夜、〈「奥さん」が「先生」をめぐる「疑ひの塊り」を告白するとき〉、とは、〈奥さん〉が〈私の頭脳に訴へる代りに、私の心臓《ハート》を動かし始めた〉（上ノ十九）という時だというのである——。

他にも小森氏は、〈私〉と静の接近を暗示する場面を列挙する。まず〈先生の宅で酒を飲まされた〉（上ノ八）晩。

《「子供でもあると好いんですがね」と奥さんは私の方を向いて云つた。私は「左右ですな」と答へた。然し私の心には何の同情も起らなかつた。子供を持つた事のない其時の私は、子供をたゞ蒼蠅いものゝ様に考へてゐた。

「一人貰つて遣らうか」と先生が云つた。

「貰ツ子ぢや、ねえあなた」と奥さんは又私の方を向いた。

「子供は何時迄経つたつて出来つこないよ」と先生が云つた。

奥さんは黙つてゐた。「何故です」と私が代りに聞いた時先生は「天罰だからさ」と云つて高く笑つた。》（傍点小森氏、以下同じ）

さらに〈私〉の卒業祝いの夜。

《「然しもしおれの方が先へ行くとするね。さうしたら御前何うする」

「何うするつて……」

奥さんは其所で口籠つた。先生の死に対する想像的な悲哀が、ちよつと奥さんの胸を襲つたらしかつた。けれども再び顔をあげた時は、もう気分を更へてゐた。

「何うするつて、仕方がないわ、ねえあなた。老少不定つていふ位だから」

奥さんはことさらに私の方を見て笑談《ぜうだん》らしく斯う云つた。》（上ノ三十四）

そして小森氏は、この〈「ねえあなた」〉という〈二人称的呼びかけ〉の〈両義性〉（先生にも〈私〉にも向けられる）、いやさらに問題なのは、〈この対話が「先生」の「奥さん」との「愛」において、排除された身体的領域、禁止と欠如の枠に囲い込まれた欲望（性欲と生欲）をめぐるものであり、その「先生」との一種対立的な対話についての解答というより同意が、「私」にむけられていることなのだ〉と言う。そしていずれにしてもこの〈黙劇〉の結果〈今の「私」に「貰ツ子」ではない子供がすでにいる〉と言うのである。

静の〈姿勢《ポーズ》〉。[*15] しかし〈これ以上の解釈はしない〉という小森氏の言に倣って、これ以上の穿鑿はしない。[*16]

*15 またしても静のコケットリー？――。としたら、静はたしかに、罪つくりな女と言われなければならない。が、もし漱石が、いわばそういう女性々に思いを巡らしていたとするなら、漱石という男の性は悲しい。

＊16　以前、筆者が指導した女子学生の卒論に、次のような指摘があった。例の晩秋の雨の日の一駒（下ノ三十三）。――

《私は此細帯の上で、はたりとKに出合ひました。足の方にばかり気を取られてゐた私は、彼と向き合ふ迄、彼の存在に丸で気が付かずにゐたのです。私は不意に自分の前が塞がつたので偶然眼を上げた時、始めて其所に立つてゐるKを認めたのです。私はKに何処へ行つたのかと聞きました。Kは一寸其所迄と云つたぎりでした。彼の答へは何時もの通りふんといふ調子でした。Kと私は細い帯の上で身体を替《かは》せました。するとKのすぐ後《うしろ》に一人の若い女が立つてゐるのが見えました。近眼の私には、今迄それが能く分らなかつたのですが、Kを遣り越《こ》した後で、其女の顔を見ると、それが宅《うち》の御嬢さんだつたので、私は少からず驚ろきました。御嬢さんは心持薄赤い顔をして、私に挨拶をしました。其時分の束髪は今と違つて廂が出てゐないのです。さうして頭の真中に蛇のやうにぐる〳〵巻きつけてあつたものです。私はぼんやり御嬢さんの頭を見てゐましたが、次の瞬間に、何方《どつち》か路を譲らなければならないのだといふ事に気が付きました。私は思ひ切つてどろ〳〵の中へ片足踏ん込《ご》みました。さうして比較的通り易い所を空けて、御嬢さんを渡して遣りました。

それから柳町の通りへ出た私は何処へ行つて好いか自分にも分らなくなりました。何処へ行つても面白くないやうな心持がするのです。私は飛泥《はね》の上がるのも構はずに、糠《ぬか》る海《み》の中を自棄《やけ》にどし〳〵歩きました。それから直ぐ宅へ帰つて来ました。》

言うまでもなく、先生がKに〈嫉妬〉（同）を覚える場面だが、しかしそれにしても先生はなぜ〈近眼〉の目で、〈ぼんやり御嬢さんの頭を見てゐ〉たのか？　無論その先にあるのは〈廂の出てゐない〉、〈さうして頭の真中に蛇のやうにぐる〳〵巻きつけて〉ある〈束髪〉である。そして先生は、それを〈ぼんやり〉と〈見てゐ〉たという以外、なにも語ってはいない。が〈御嬢さん〉の髪形は、一度解いても、直ちに〈頭の真中〉に〈ぐる〳〵巻きつけ〉ればよいそれである。とすればあるいは〈御嬢さん〉はその直前たしかに髪を解いていたのかも知れない。――とまあ、これはいかにも邪推だが、しかし漱石が、そのようにも読めるような思わせ振りな筆法を用いたとすれば、漱石という男の性はますます悲しい。

さて、こうして〈私〉は、〈「奥さん」〉のもとへ、〈「新らしい命」〉を〈「宿」らせ〉るべく走ることになるという。

《「先生」の「血」――それは遺書の言葉にほかならないのだが――を自分の「胸」の中に「新らしい命」としてめぐらしている「私」が選ぶ道はたった一つである。「世の中で頼りにする」たった「一人」(下ノ五十四)の人を失った「奥さん」のもとへ、「孤独」のただ中にある「奥さん」のもとへ、新たな生を共に――生きるために急ぐことしかない。[*17]》

＊17　さらに〈それは人が自己の選択によってその中に入ることができ、また選択によって抜け出すことのできるような、親と子であり、姉と弟であり、夫婦でもあり、同じ「先生」の弟子でもあるような関係、つまりそうした一切の家族的概念にはくくり込むことのできない、家族の領土の一員には決してなることのない、自由な人と人との組合せを生きることとなのである〉という一節も付け加えておこう。少々理解に苦しむ一文だが、しかしこれらすべてを

不問に付そう。そうして〈私〉は〈たった一人残された「奥さん」のもとへはしることになる〉としよう。〈「新らしい命」〉を〈「宿」らせ〉るべく――。

だが、はたして〈私〉はこの後、希望通り、静とともに〈新たな生〉を生きることが出来たのか。さらに〈新たな生〉を〈「宿」らせ〉ることが出来たのか。

いや、断るまでもなく、夫の自殺に、静は茫然自失、まさに一切は終わってしまったと思っていたにちがいない。ただ終わってしまえばまだいい。静は依然として、というより一層激しく苦しんでいるにちがいない。なぜ自分が夫から背かれたのか、背いたのは夫が変わったからか、それとも自分のせいなのか。その意味で静は、さらにあらためて、あの暗黒の一点を見つめ続けなければならない。もとより今までも答えはなく、これからも答えはない。その永遠の謎の前に、静は立ち尽くす。まさに〈進んで可いか退ぞいて可いか〉（下ノ四十）判らない絶望の淵に静は臨んでいるのだ――。[*18]

しかしその静に対し、〈私〉はなにを口にし、なにを慰めることが出来るのか。〈私〉に出来ることは、ただ静の辛い心を見守ってやることだけではないか。間違っても〈新たな生を共に生きよう〉、〈共に新しい命を宿そう〉などと、血迷ったことを口走ったとすれば、おそらく静は困惑し、激しく〈私〉の無思慮を憎んだにちがいない。いや優しい静は憎んだりはしまい。ただあらためて〈私〉の心なさに傷付き、深い悲しみに、その場に崩れ落ちてしまったのではないか。

勿論、静を〈「孤独」のただ中にある「奥さん」〉と思い、その〈「奥さん」〉と〈新たな生を共に生きよう〉、〈共に新しい命を宿そう〉と思うのは勝手である。しかしすべては〈私〉一人の、一方的な思い込み、思い入れにすぎないのではないか？[19]

静の傷付き喘ぐ心には少しも思い及ばず、ただ自身の妄想に逸る無神経――。筆者はこういうこと（〈私〉と静の結婚(!?)などということ）を、軽々しく言う論者に与しえない。[20]彼等は、人の〈心〉というものを、なんと心得ているのだろうか。[21]

＊18　すでに〈私〉は、〈先生は奥さんの幸福を破壊する前に、先づ自分の生命を破壊して仕舞つた〉（上ノ十二）といっていた。石原氏の言い方に倣って言えば、だから〈奥さん〉はすでに自分の〈幸福を破壊〉されてしまったのだ。

＊19　小森氏の〈「先生」の死を美化せずにはいない〉従来の「こゝろ」論、そしてその結果、〈国家の反動的なイデオロギー装置と化した「心」という作品〉を打とうとする意図は理解できる。しかし僻見は僻見であり、愚論は愚論である。

＊20　石原氏は〈子供を持つた事のない其時の私は〉について、〈では、それは誰の子供だろうか。それは静と青年との間にできた子供だ。「先生」が青年を信頼することは、静を青年に手渡すことだったのだ。「先生」は、自分のところへ「誤配」された静を、「正しい宛名」に届けたのである〉と記している（『謎とき村上春樹』光文社新書、平成十九年十二月）。とすると、静はさながら〈小包〉かなんぞのように、男達の間でやりとりされたのか？

＊21　筆者はかつて、この〈結婚〉説（といって小森氏も石原氏も、主義主張からだろう、〈結婚〉という言葉を避けている。まさしく〈自由な人と人との組合せ〉？）をめぐり、次のように書いたことがある（「比較文学年誌」第二十二号「後記」昭和六十一年三月）。

《はじめて編集に関ったが、実務は編集委員諸氏に任せっきりで何もしないでいたところ編集後記を書けとのこと。何もしなかった罰ということだと思い観念したが、さて何を書いたらよいやら。

といって、この間ただ遊んでいたわけではない。例年のごとく三十以上の卒論を抱えて唸っていた。今年も断然漱石、中でも「こゝろ」論が多い。さすがに色々勉強されていて水準も高く心して読まざるをえないのだが、そうであるほど、学界における固定化され制度化された言説を見事に反映していて、いささかウンザリもする。曰く、漱石における近代個人主義の宿痾の認識とその克服。あるいは「先生」は自己のエゴイズムを「明治の精神」への殉死によって葬った、あるいはその心の葛藤と止揚の姿をひとつの教訓として新しい世代の「私」に託した、等々。そして「私は今自分で自分の心臓を破つて、其血をあなたの顔に浴びせかけやうとしてゐるのです。私の鼓動が停つた時、あなたの胸に新らしい命が宿る事が出来るなら満足です」という「遺書」の言葉が必ずといってよいほど引用され、そこに「先生」の死をかけて実現した愛と新生のドラマがあたうかぎり真率に読みとられているというわけなのである。

だが、かりにもこの生に背を向けて死んでいった「先生」という男の、たとえ志を後代に繋ぐべくいかほど痛切に倫理的言辞を連ねようとも、いや連ねるほど、あげくすべてを裏切って死んでいった得体の知れない底無しの「悪意」をそう簡単に肯うわけにはゆかないのだ。

もっとも近頃ではそうした「先生」の「悪意」にしばらく眼を瞑り、「先生」の死＝限界をこえて生き残った「私」が手記を綴るというこの作品の構成に着眼して、まさに「私」が

「先生」の「心臓の血」を浴びて生き残ったその事実に、漱石の人間回復への展望が示されているという説もある。（最近では「先生」の遺志を汲んで「私」と「奥さん」が「心臓《ハート》」で関り、やがて結ばれて「新らしい命」を宿すという新説まであるのである。）

なるほど「先生」はひときわ重く近代の痼疾に陥っていた。彼は一切を「冷たい眼」で観察、分析し、その結果「精神」＝「主観」の中でしか生きられず、「他者」＝「身体」を次第に涸らしてゆく必然を逃れられない。がそれは単に「先生」固有のものではなく、また生きのびた「私」がただそれだけでその必然を免れていると考えるのも浅薄にすぎる。第一その手記に「先生」の「遺書」をそのまま投げ出すように書き写し、だから多分いま「先生」と同じ危機に瀕しているだろう「私」の解体と喪失の深さ、またそこにまで遠く重く欲する「先生」の「悪意」の厳しさを読みとらずして、「私」の手記など所詮現在に自足するものの幸福な思い出話にすぎない。

と以上は、そのおそらくは永劫に還元不可能な「悪意」から眼を逸らし、ありもせぬ愛と新生のドラマを紡ぐ学生達の「善意」に飽満するもののいささか意地悪い感想だが、しかし同時に、御同様「書く」＝「物語る」ことにかかずらいながら、そのこと自体に潜む「善意」にともすると惑溺しがちな自分自身へのひそかな警戒ともとっていただければ幸いである。》

なお「先生と遺書」に関しては、拙稿「『こゝろ』―先生の遺書―」（「繍」四号、平成三年十二月、本書所収）参照。なお「繍」のこの号には、筆者も参加した早大大学院生の長大な座談会「『こゝろ』ってなあに」が組まれている。

3

「こゝろ」における「両親と私」の章は、おそらく明治四十五年七月十三日、[*22]〈私〉が〈国へ帰った〉（上ノ三十六）ところから始まる。（以下〈私〉が再び上京する大正元年九月末（あるいは十月初め）までの郷里での一夏の日々を、順に追ってゆこう。——）

＊22 〈私が帰ったのは七月五六日で〉（中ノ五）とあるが、明治四十五年の東京帝国大学の卒業式は例年のごとく七月十日であり、その夜先生夫妻に卒業祝いをして貰い（上ノ三十二）、〈それから三日目の汽車で東京を立つて国へ帰つた〉（上ノ三十六）というからには、その日の実際は七月十三日となる。おそらくこれは漱石のケアレスミスといってよい。因みに「こゝろ」にはそうしたケアレスミスが多いが、これを〈「作者がまちがっている」と言うことは、それ以上の判断を停止することだ〉という石原氏の意見は分かる。しかしそのあまり、一種アクロバティックな解釈に走るのはいかがなものか。もっともこの場合、〈私〉の卒業式を東京帝国大学の卒業式に限る必要はないかもしれない。しかし〈私はつい此間の卒業式に例年の通り大学へ行幸になつた陛下を思ひ出した〉（中ノ三）とあるからには、やはりその卒業式は東京帝国大学の明治四十五年七月十日として考えておくのが妥当だろう。

帰って来た〈私〉に向かい、父は〈「卒業が出来てまあ結構だ」〉と〈何遍も繰り返〉す。〈私は心のうちで此父の喜びと、卒業式のあつた晩先生の家の食卓で、「御目出たう」と云はれた時の先生の顔付とを比較した。私には口で祝つてくれながら、腹の底でけなしてゐる先生の方が、それ程にもないものを珍らしさうに嬉しがる父よりも、却つて高尚に見えた〉。〈私は仕舞に父の無知から出る田舎臭い所に不快を感じ出した〉（以上、中ノ一）。

《「大学位卒業したつて、それ程結構でもありません。卒業するものは毎年何百人だつてあります」

私は遂に斯んな口の利きやうをした。すると父が変な顔をした。

「何も卒業したから結構とばかり云ふんぢやない。そりや卒業は結構に違ないが、おれの云ふのはもう少し意味があるんだ。それが御前に解つてゐて呉れさへすれば、……」

私は父から其後を聞かうとした。父は話したくなささうであつたが、とう〳〵斯う云つた。

「つまり、おれが結構といふ事になるのさ。おれは御前の知つてる通りの病気だらう。去年の冬御前に会つた時、ことによるともう三月か四月位なものだらうと思つてゐたのさ。それが何ういふ仕合せか、今日迄斯うしてゐる。起居《たちゐ》に不自由なく斯うしてゐる。そこへ御前が卒業して呉れた。だから嬉しいのさ。折角丹精した息子が、自分の居なくなつた後で卒業してくれるよりも、丈夫なうちに学校を出てくれる方が親の身になれば嬉しいだらうぢやないか。大きな考を有つてゐる御前から見たら、高が大学を卒業した位で、結構だ〳〵と云はれるのは余り面白くもないだらう。然しおれの方から見て御覧、立場が少し違つてゐるよ。つまり卒業は御前に取つてより、此おれに取つて結構なんだ。解つたかい」》（同）

さすがの〈私〉も〈一言もな〉い。〈詫まる以上に恐縮して俯向いてゐた〉（同）という。

《父は平気なうちに自分の死を覚悟してゐたものと見える。しかも私の卒業する前に死ぬだらうと思ひ定めてゐたと見える。其卒業が父の心に何の位響くかも考へずにゐた私は全く愚ものであつた。私は鞄の中から卒業証書を取り出して、それを大事さうに父と母に見せた。》（同）

そして〈其の時の私は丸で平生《へいぜい》と違つてゐた。父や母に対して少しも逆らふ気が起らなかつた〉と続くのである。

さて、村人を招いて卒業祝いを催そうという相談が両親の間で起きた時、〈野鄙〉（同三）な連中のドンチャン騒ぎを恐れた私は、それを〈「あんまり仰山な事は止して下さい」〉（同）と言って辞退する。が、なおも強く勧める両親に対し、〈私〉は止むを得ずこう答えるのだ。――〈「つまり私のためなら、止して下さいと云ふ丈なんです。陰で何か云はれるのが厭だからといふ御主意なら、そりや又別です。あなたがたに不利益の事を私が強ひて主張したつて仕方がありません」〉（同）。

〈「さう理窟を云はれると困る」〉（同）と父親は苦い顔をする。たしかに〈私〉は、すでにこうした〈「理窟」〉を、〈身に着〉（上ノ二十三）け、こうした〈口の利きやう〉（〈「私のため」〉〈「御主意なら」〉〈「不利益」〉）によってしか人と向きあえないのだ。

《「学問をさせると人間が兎角理窟つぽくなつて不可ない」

父はたゞ是丈しか云はなかつた。然し私は此簡単な一句のうちに、父が平生から私に対して有つてゐる不平の全体を見た。私は其時自分の言葉使ひの角張つた所に気が付かずに、父の不平の方ばかり

を無理の様に思つた。》（中ノ三）

つい先日、父母の言葉に〈一言もなく〉、〈恐縮して俯向いてゐた〉、あるいは〈父や母に対して少しも逆らふ気が起こらなかつた〉〈私〉だというのに――。

しかし、明治天皇の病気の報知で、宴会は取り止めとなる。〈「勿体ない話だが、天子さまの御病気も、お父さんのとまあ似たものだらうな」〉（同四）と父親は憂える。そしてその頃から、〈父の元気は次第に衰ろへて行〉（同五）く。やがて明治天皇の崩御（明治四十五年七月三十日）。父親は〈「あゝ、あゝ、天子様もとう〳〵御かくれになる。己も……」〉（同）と呟いて絶句する。

一方、〈八月の半《なかば》ごろになつて、私はある朋友から手紙を受け取〉（中ノ六）る。そこには〈地方の中学教員の口があるが行かないかと書いてあつた〉（同）。〈私はすぐ返事を出して断つた〉（同）。

《私は返事を出した後で、父と母に其話をした。二人とも私の断つた事に異存はないやうであつた。

「そんな所へ行かないでも、まだ好い口があるだらう」

斯ういつて呉れる裏に、私は二人が私に対して有つてゐる過分な希望を読んだ。迂闊な父や母は、不相当な地位と収入とを卒業したての私から期待してゐるらしかつたのである。

「相当の口つて、近頃ぢやそんな旨い口は中々あるものぢやありません。ことに兄さんと私とは専門も違ふし、時代も違ふんだから、二人を同じやうに考へられちや少し困ります」

「然し卒業した以上は、少くとも独立して遣つて行つて呉れなくつちや此方も困る。人からあなた

の所の御二男は、大学を卒業なすつて何をして御出ですかと聞かれた時に返事が出来ない様ぢや、おれも肩身が狭いから」》（同）

「両親と私」の章は、無論〈父親の死〉までの一夏が描かれているのだが、しかし一方では〈私〉の就職をめぐる父や母の期待、そのことで先生に依頼の手紙を書くように〈私〉に度々強いる母《「実は御父さんの生きて御出のうちに、御前の口が極つたら嘸《さぞ》安心なさるだらうと思ふんだがね」》（中ノ十二）、そして気が進まぬながら先生に手紙を書き、しかもその返事を心待ちにする〈私〉——の姿が描かれてゆく。つまり父や母の思い——〈死〉への思いと子への思い、〈私〉の思い——父や母への思いと自らへの思い、そうした己がじしの思い、あるいは思惑の錯綜する様子が描かれてゆくのだ。

《父は死後の事を考へてゐるらしかつた。少なくとも自分が居なくなつた後のわが家を想像して見るらしかつた。

「小供に学問をさせるのも、好し悪しだね。折角修業をさせると、其小供は決して宅《うち》へ帰つて来ない。是ぢや手もなく親子を隔離するために学問させるやうなものだ」

学問をした結果兄は今遠国にゐた。教育を受けた因果で、私は又東京に住む覚悟を固くした。斯ういふ子を育てた父の愚痴はもとより不合理ではなかつた。永年住み古した田舎家の中に、たつた一人取り残されさうな母を描き出す父の想像はもとより淋しいに違ひなかつた。

わが家《いへ》は動かす事の出来ないものと父は信じ切つてゐた。其中に住む母も亦命のある間は、動かす事の出来ないものと信じてゐた。自分が死んだ後、この孤独な母を、たつた一人伽藍堂のわが家《いへ》に取り残すのも亦甚しい不安であつた。それだのに、東京で好い地位を求めろと云つて、私を強ひたがる父の頭には矛盾があつた。私は其矛盾を可笑しく思つたと同時に、其御陰で又東京へ出られるのを喜こんだ。》（同七）

繰り返すまでもなく、〈私〉はこうして病床の父を見守り、一夏を送る。が、それにしても〈私〉が父の最後を見入る眼は、終始〈冷たい眼《まなこ》〉（上ノ七）とは言わないまでも、〈冷めた眼〉と言わなければならない。

父は死ぬ前に息子が卒業することを願い、いままた生きている内に息子が就職することを願う。しかし所詮それらが、〈親子を隔離する〉ことを意味するとすれば、〈父の頭には矛盾があつた〉と言わざるをえない。〈私は其矛盾を可笑しく思つた〉。しかも同時に〈私〉は、〈其御陰で又東京へ出られるのを喜こんだ〉と冷やかに言い放つ（北叟笑む）のである。

そしてその思惑通り、〈九月始めになつて、私は愈《いよ〳〵》又東京へ出やう〉とする（同八）。しかも〈私は父に向つて当分今迄通り学資を送つて呉れるやうに頼〉（同）むのである。

《「此処に斯うしてゐたつて、あなたの仰しやる通りの地位が得られるものぢやないですから」私は父の希望する地位を得《う》るために東京へ行くやうな事を云つた。

「無論口の見付かる迄で好いですから」とも云つた。

私は心のうちで、其口は到底私の頭の上に落ちて来ないと思つてゐた。けれども事情にうとい父はまた飽く迄も其反対を信じてゐた。

「そりや僅の間の事だらうから、何うにか都合してやらう。其代り永くは不可いよ。相当の地位を得次第独立しなくつちや。元来学校を出た以上、出たあくる日から他の世話になんぞなるものぢやないんだから。今の若いものは、金を使ふ道だけ心得てゐて、金を取る方は全く考へてゐないやうだね」

父は此外にもまだ色々の小言を云つた。その中には、「昔の親は子に食はせて貰つたのに、今の親は子に食はれる丈だ」などゝいふ言葉があつた。それ等を私はたゞ黙つて聞いてゐた。

小言が一通済んだと思つた時、私は静かに席を立たうとした。父は何時行くかと私に尋ねた。私には早い丈が好かつた。

「御母さんに日を見て貰ひなさい」

「さう為ませう」》(同八)

そしてまた、〈其時の私は父の前に存外大人しかつた。私はなるべく父の機嫌に逆はずに、田舎を出やうとした〉(同)というのである。

しかし〈私が愈立たうといふ間際になつて〉(同九)、〈父は又突然引つ繰返つた〉(同)。〈私〉は止むをえず出発を見合わせる。そして〈私は坐つた儘腰を浮かした時の落付かない気分で、又三四日を過した〉(同)。

〈すると父が又卒倒した。医者は絶対に安臥を命じた〉(同)。そして、それから〈父の病気は同じやうな状態が一週間以上つゞいた〉（同十）。

だがその間にも、父を見遣る〈私〉の眼は、依然酷薄なまでに冷淡である。《父は死病に罹つてゐる事をとうから自覚してゐた。それでゐて、眼前にせまりつつある死そのものには気が付かなかつた。

「今に癒つたらもう一辺東京へ遊びに行つて見やう」。》（同）

そして父は続ける。〈「人間は何時死ぬか分らないからな。何でも遣りたい事は、生きてるうちに遣つて置くに限る」〉（同）。

あるいはその少し前（中ノ九）、〈「何うせ死ぬんだから、旨いものでも食つて死ななくつちや」〉と父は言う。が、〈私には旨いものといふ父の言葉が滑稽にも悲酸にも聞こえた。父は旨いものを口に入れられる都には住んでゐなかつたのである。夜に入つてかき餅などを焼いて貰つてぼり〳〵嚙んだ〉（同）――。

つまりこうして、ほとんど冷嘲にも近い言葉で父を評するのである。[*23]

＊23　ただ、こうした〈私〉の終始にべもない口吻の底で、ますます生に執し、いやむしろ生をいとおしみ、いつくしむ父親の姿、いわば人間本然の姿が語られていることを見逃してはならない。そしてそれは、〈自分で自分を殺すべきだ〉（下ノ五十四）と言い、〈何故今迄生きてゐたのだらう〉（同四十八）と言い、つまりは〈一日も早く死にたい〉と叫ぶ人間達とは、まさに対蹠的な人間の姿といえよう。拙論「『こゝろ』―父親の死―」（前出）参照。

続いて、〈私〉は帰って来た兄と、父の病状について語り合う。
《兄の頭にも私の胸にも、父は何うせ助からないといふ考があつた。何うせ助からないものならばといふ考もあつた。我々は子として親の死ぬのを待つてゐるやうなものであつた。》（中ノ十四）
あるいは、
《「御前是から何うする」と兄は聞いた。私は又全く見当の違つた質問を兄に掛けた。
「一体家《うち》の財産は何うなつてるんだらう」
「おれは知らない。御父さんはまだ何とも云はないから。然し財産つて云つた所で金としては高の知れたものだらう」》（同）*24

＊24　因みに、この後すぐ〈母は又母で先生の返事の来るのを苦にしてゐた〉と続く。〈「まだ手紙は来ないかい」と私を責めた〉――。繰り返すまでもなく、こうして兄弟、そして母は、それぞれ己がじしの思惑の中に日を送ってゆくのである。

のみならず、
《「御前此所へ帰つて来て、宅《うち》の事を監理する気はないか」と兄が私を顧みた。私は何とも答へなかつた。
「御母さん一人ぢや、何うする事も出来ないだらう」と兄が又云つた。兄は私を土の臭を嗅いで朽ちて行つても惜しくないやうに見てゐた。

「本を読む丈なら、田舎でも充分出来るし、それに働らく必要もなくなるし、丁度好いだらう」

「兄さんが帰つて来るのが順ですね」と私が云つた。

「おれにそんな事が出来るものか」と兄は一口に斥けた。兄の腹の中には、世の中で是から仕事をしやうといふ気が充ち満ちてゐた。

「御前が厭なら、まあ伯父さんにでも世話を頼むんだが、夫にしても御母さんは何方《どっち》かで引き取らなくつちやなるまい」

「御母さんが此所を動くか動かないかゞ既に大きな疑問ですよ」

兄弟はまだ父の死なない前から、父の死んだ後に就いて、斯んな風に語り合つた。》（中ノ十五）

さらに、

《父は自分の眼の前に薄暗く映る死の影を眺めながら、まだ遺言らしいものを口に出さなかつた。

「今のうちに何か聞いて置く必要はないかな」と兄が私の顔を見た。

「左右だなあ」と私は答へた。》（同十六）

要するに兄弟は、父の死を憂いつつ、父の枕辺に侍しながら、その実、寄ると触ると、父の死が自らの将来に累を及ぼすことのないよう、互いに牽制し合い、責任（残された家の管理、母の介護）を擦り合う。またさらに、残された財産（遺産）の分配に対し、互いに算盤を弾き合うのだ。[*25]

＊25　そう言えば、〈私〉は帰宅して早々（中ノ二）、次のように考える。——
《私は急に父が居なくなつて母一人が取り残された時の、古い広い田舎家を想像して見た。

此家から父一人引き去つた後は、其儘で立ち行くだらうか。兄は何うするだらうか。母は何といふだらうか。さう考へる私は又此所の土を離れて、東京で気楽に暮らして行けるだらうか。私は母を眼の前に置いて、先生の注意――父の丈夫でゐるうちに、分けて貰ふものは、分けて貰つて置けといふ注意を、偶然思ひ出した。》

とすると、意地悪く言えば、〈私〉は一夏、このことだけを考えて過ごしていたのだ。

まさしく先生が、あの叔父の裏切りを評し、〈下卑た利害心に駆られて〉（下ノ九）と言ったように、この子供達の心の底にも〈利己心の発現〉（同四十一）、つまりは小狡い〈利害心〉が騒めいているのである。*26

*26 そしてこれが、小森氏のいわゆる〈やわな家族的倫理観を越え〉、〈はっきり既存の「血」の論理と訣別し〉、さらに〈新たな「血」の「論理」と倫理を生きはじめた〉〈私〉という人間のむくつけき正体なのだ。

ところで、これより先、前年の暮から正月にかけて、父の病気を見舞うため一旦帰郷した時、〈退屈な父の相手としてよく将碁盤に向〉（上ノ二十三）いながら、〈私は東京の事を考へた。さうして漲る心臓の血潮の奥に、活動々々と打ちつゞける鼓動を聞いた。不思議にも其鼓動の音が、ある微妙な意識状態から、先生の力で強められてゐるやうに感じた〉（同）とある。

《私は心のうちで、父と先生とを比較して見た。両方とも世間から見れば、生きてゐるか死んでゐるか分らない程大人しい男であつた。他に認められるといふ点からいへば何方も零であつた。それでゐて、此将碁を差したがる父は、単なる娯楽の相手としても私には物足りなかつた。かつて遊興のために往来をした覚のない先生は、歓楽の交際から出る親しみ以上に、何時か私の頭に影響を与へてゐた。たゞ頭といふのはあまりに冷か過ぎるから、私は胸と云ひ直したい。肉のなかに先生の力が食ひ込んでゐると云つても、血のなかに先生の命が流れてゐると云つても、其時の私には少しも誇張でないやうに思はれた。私は父が本当の父であり、先生は又いふ迄もなく、あかの他人であるといふ明白な事実を、ことさらに眼の前に並べて見て、始めて大きな真理でも発見したかの如くに驚ろいた。》(同)

〈活動〉に充ちた東京の魅力――、が、それは〈先生の力で強められてゐるやうに感じた〉と〈私〉は言う。とすれば、〈物足りな〉(上ノ二十四)い父、〈無知〉(中ノ一)で〈田舎臭い〉(同)父、また〈都会から懸け隔たつた森や田に住んでゐる〉(同二)母、〈丸で無知識〉(同)の母、さらに〈耻づかし〉(同五)い家、のみならず〈野鄙〉(同三)で、〈洋服を着た人を見ると犬が吠えるやうな〉(同十二)田舎――。おそらくこの罵詈にも近い父母や家郷への慊焉の思いも、すべては〈高尚に見え〉(同一)る先生との比較から生じていると言えるかもしれない。

が、それほど〈私〉の〈肉のなか〉に〈食ひ込んでゐる〉という〈先生の力〉、〈血のなか〉に〈流れてゐる〉という〈先生の命〉、そして〈私〉をして、〈本当の父〉をこれほどまでに貶め、〈あかの他人〉をこれほどまでに崇めさせるという先生とは、一体何者なのか?

そしてそれは先生が、先ずなによりも東京に居住し、〈大学出身〉（上ノ十一）のいわゆる知識人であり、〈書斎には洋机《テーブル》と椅子の外に、沢山の書物が美くしい背皮を並べて、硝子越に電燈の光で照らされてゐ〉（同十六）る、さらに〈美くしい奥さん〉（同四）を持ち、〈音楽会〉（同九）や〈芝居〉（同）や時々の〈夫婦づれ〉の〈旅行〉（同）、〈紅茶〉（同十七）や〈西洋菓子〉（同二十）や〈手製のアイスクリーム〉（同三十三）、そしておそらくこれが決定的なことであろうが、それら一切を可能にする〈財産〉（下ノ九）（叔父に欺かれ〈非常に減つ〉（同）たとはいえ、学生時代〈それから出る利子の半分も使へ〉（同）なかったというほどの〈財産家〉（上ノ二十七）なのだ）、だから定職こそなくとも、いやないからこそ実現しえる一種深沈たる生活の体現者であるからに他ならない。

加うるに（よく言われることだが）、〈私〉が先生に初めて出会うのが鎌倉由比ヶ浜の海水浴場であり、しかも〈先生が一人の西洋人を伴れてゐた〉（上ノ二）ことは、きわめて暗示的であるといわざるをえない。

つまり言うまでもなく、これらの一々こそは、明治という日本近代が追い求めるべきものの表徴であり、そこに生きる人々の幻想の象徴だったのである。

その意味で、〈私〉が先生に運命的に出会ったとしても、それは〈私〉が、自らの夢（夢想）と出会っていたといってもよいのだ（一種の既視感《デジャ・ビュ》。〈どうも何処かで見た事のある顔の様に思はれてならなかつた〉（二）[*27]）。

＊27（＊9）参照。

しかも、それら夢のすべてを体現しながら、なおその身に漂わす、一種暗い懐疑主義。それは近代を追いつつ、すでに近代への懐疑を抱えざるをえなかった西洋近代と逸速く重なる、いわばそれ自体が、近代の最先端を行く知の意匠ではなかったか。

従って〈私〉——田舎から東京へ出て、高校、大学と進み、そして以後も〈広い都を根拠地として考へてゐる私〉(中ノ六)、〈教育を受けた因果で〉、〈東京に住む覚悟を固くし〉(同七)ている〈私〉にとって、まさしく先生とは、人生の仰ぐべき先行者であり、一切の価値の根源といってもよかったのである。

こうして自らの理想をいやが上にも高く望見する〈私〉は、そこから一歩を踏み出すべき足元の〈田舎〉、そして父を、いやが上にも低く見下すのだ。

ところで先生は、〈「自由と独立と己れとに充ちた現代に生れた我々」〉と言う。その厳密な意味はしばらく問わず、この言葉が、先生にとっても〈私〉にとっても、〈「現代に生れた我々」〉が、〈「自由と独立と己れ」〉に生きるし、生きるべきであるという共通の認識の中で交わされた言葉であることは、まずもって間違いなかろう。

しかし先生はともかく、これから先〈新らしい時代〉に向け、まさに〈「自由と独立と己れ」〉を自己実現していかなければならない〈私〉にとって、この言葉はおそらく、我ながら面映ゆく響いていたにちがいない。

なるほど〈私〉にとって、〈自由と己れ〉は自明のことであったろう。しかしはたして〈独立〉は？

〈私〉が〈九月始めになつて〉、一旦上京しようとして、〈当分今迄通り学費を送つて呉れ〉と頼んだ時、父に〈「僅の間の事だらうから、何うにか都合してやらう。其代り永くは不可いよ。相当の地位を得次第独立しなくつちや」〉と窘められたことはすでに触れた。当然といえば当然の父の言葉。だから〈私〉は一日も早く〈「相当の地位」〉を探し出さなければならないのだ。

いや、だからこそその前、〈私〉は母にせがまれて（？）先生に手紙を書く。が、〈「然し手紙ぢや用は足りませんよ。何うせ、九月にでもなつて、私が東京へ出てからでなくつちや」〉（中ノ七）と、なぜか悠長に構える。そして実際に、先生からの手紙は来ないのである。

《母は突然這入つて来て私の傍に坐つた。

「先生からまだ何とも云つて来ないかい」と聞いた。

母は其時の私の言葉を信じてゐた。其時の私は先生から屹度返事があると母に保証した。然し父や母の希望するやうな返事が来るとは、其時の私も丸で期待しなかつた。私は心得があつて母を欺むいたと同じ結果に陥つた。

「もう一遍手紙を出して御覧な」と母が云つた。

役に立たない手紙を何通書かうと、それが母の慰安になるなら、手数を厭ふやうな私ではなかつた。けれども斯ういふ用件で先生にせまるのは私の苦痛であつた。私は父に叱られたり、母の機嫌を損じたりするよりも、先生から見下げられるのを遙かに恐れてゐた。あの依頼に対して今迄返事の貰えないのも、或はさうした訳からぢやないかしらといふ邪推もあつた。

「手紙を書くのは訳はないですが、斯ういふ事は郵便ぢやとても埒は明きませんよ。何うしても自分で東京へ出て、ぢかに頼んで廻らなくつちや」

「だつて御父さんがあの様子ぢや、御前、何時東京へ出られるか分らないぢやないか」

「だから出やしません。癒るとも癒らないとも片付ないうちは、ちやんと斯うしてゐる積です」》（中ノ十一）

無論、いまに変わらぬ熾烈な就職戦線ということはあったろう。しかしそれにしても私は、初手から及び腰であるといわねばならない。〈私〉は〈「相当の口つて、近頃ぢやそんな旨い口は中々あるものぢやありません」〉（同六）と言い、〈其口は到底私の頭の上に落ちて来ないと思つてゐた〉（同八）と言う。

そしてその結果、〈私は父や母の手前、此地位を出来る丈の努力で求めつゝある如くに装はなくてはなら〉（同七）ず、さらにそのあまり、父ばかりか、〈私は心得があつて母を欺いたと同じ結果に陥〉（同十一）るのである。

要するにモラトリアム。宙ぶらりん。〈母は私をまだ子供のように思つてゐた。私も実際子供のやうな感じがした〉（同七）。さすがの〈私〉も、いつまでも一人前の大人になれない自らの為体《ていたらく》に、思わずこう自嘲せざるをえない。

そしてたしかにそれは静の言う通り、〈「あなたは必竟財産があるからそんな呑気な事を云つてゐられるのよ」〉（上ノ三十三）ということなのだ。〈「是が困る人で御覧なさい。中々あなたの様に落付いちや居られないから」〉（同）。――

しかもその〈財産〉はいまだ、いや本来どこまでも父のものである。とすれば〈私〉は自らの〈独立〉を勝ち取るべく、つねに、そして当分、父からの仕送りを当てにする親掛かりの身なのである。またその分、〈私〉の〈独立〉はほど遠い先のことと言わなければならない。

だが、にもかかわずと言うか、だからこそと言うか、先生の存在、そして言葉は、〈私〉にとってますます欽慕し景仰すべき輝かしい光芒となる。が、と同時に、先生が洩らした何気ない片言隻句が、時に暗い不吉な運命の予兆として、〈私〉の心に、不気味な陰影を落とさずにはいないのである。あの卒業祝いの席で、先生は〈「おれが死んだら」〉（上ノ三十五）を繰り返す。しかも〈先生の話は、容易に自分の死といふ遠い問題を離れなかつた〉（同）。

〈奥さんも最初のうちは、わざとたわいのない受け答へをしてゐるらしく見えた。それが何時の間にか、感傷的な女の心を重苦しくした〉（同）。〈「おれが死んだら、おれが死んだらつて、まあ何遍仰しやるの。後生だからもう好い加減にして、おれが死んだらは止して頂戴。縁喜でもない」〉（同）――。

そして、すでに述べたように、〈私〉はそれから〈三日目の汽車で東京を立つて国へ帰〉（同三十六）

るのだが、その車窓で、まず次のような思いに沈む。

《此冬以来父の病気に就いて先生から色々の注意を受けた私は、一番心配しなければならない地位にありながら、何ういふものか、それが大して苦にならなかつた。私は寧ろ父が居なくなつたあとの母を想像して気の毒に思つた。其位だから私は心の何処かで、父は既に亡くなるべきものと覚悟してゐたに違なかつた。九州にゐる兄へ遣つた手紙のなかにも、私は父の到底《とても》故《もと》の様な健康体になる見込みのない事を述べた。一度などは職務の都合もあらうが、出来るなら繰り合せて此夏位一度顔丈でも見に帰つたら何うだと迄書いた。其上年寄が二人ぎりで田舎にゐるのは定めて心細いだらう、我々も子として遺憾の至であるといふやうな感傷的な文句さへ使つた。私は実際心に浮ぶ儘を書いた。けれども書いたあとの気分は書いた時とは違つてゐた。

私はさうした矛盾を汽車の中で考へた。考へてゐるうちに自分が自分に気の変りやすい軽薄ものゝやうに思はれて来た。私は不愉快になつた。》（上ノ三十六）

〈一番心配しなければならない〉父のことを、いわば上の空でやり過ごし、かと言えば兄への手紙に、父の死や母の老後について〈感傷的な文句〉を書き連ね、それも〈書いたあとの気分〉は〈書いた時とは〉もう違う、——まさしく〈自分が自分に気の変りやすい軽薄ものゝやうに思はれ〉て、〈私は不愉快〉になる。[*28]

＊28　この人間が一分ごとに、いや一秒ごとに変わり、しかもそれをどうしようも出来ないという人間認識は、「坑夫」以来の漱石に付いて離れぬ拘執ともいうべき苦い人間認識であると

いえよう（拙稿「『抗夫』論」『鷗外と漱石―終りない言葉―』所収参照）。そしてそれは「こゝろ」でも繰り返し語られる。〈自分で自分の先が見えない人間〉（下ノ五十二）〈私は急にふら〳〵しました〉（同）〈自分自身さへ頼りにする事の出来ない私〉（同五十四）、そしてその極め付けこそ〈「遣つたんです。遣つた後で驚ろいたんです。さうして非常に怖くなつたんです」〉（上ノ十四）ではないか。

が、さらに、

《私は又先生夫婦の事を想ひ浮べた。ことに二三日前晩食に呼ばれた時の会話を憶ひ出した。

「何っちが先へ死ぬだらう」

私は其晩先生と奥さんの間に起つた疑問をひとり口の内で繰り返して見た。さうして此疑問には誰も自信をもつて答へる事が出来ないのだと思つた。然し何方が先へ死ぬと判然《はっきり》分つてゐたならば、先生は何うするだらう。奥さんは何うするだらう。先生も奥さんも、今のやうな態度でゐるより外に仕方がないだらうと思つた。（死に近づきつゝある父を国元に控えながら、此私が何うする事も出来ないやうに）。私は人間を果敢ないものに観じた。人間の何うする事も出来ない持つて生れた軽薄を、果敢ないものに観じた。》（上ノ三十六）

いまの自分をどうすることも出来ない人間の〈持つて生れた軽薄〉に加え、人は自分の〈死〉を知らず、とはいつ〈死〉がやって来るかもしらず、またその〈死〉がやって来ても、人はそれをどうすることも出来ない。まさしく〈私は人間を果敢ないものに観じた〉。

こうして〈私〉は、〈私〉にとって万能の神のごとき先生の存在と言葉を想い起こしながら、ようやく〈死〉を前にした人間の無力というものに、しみじみ思いを致すのである。

〈私〉はまた郷里に帰ってからも、先生のことに思いを馳せる。

《私は又一人家のなかへ這入つた。自分の机の置いてある所へ来て、新聞を読みながら、遠い東京の有様を想像した。私の想像は日本一の大きな都が、何んなに暗いなかで何んなに動いてゐるだらうかの画面に集められた。私はその黒いなりに動かなければ仕末のつかなくなつた都会の、不安でざわ〳〵してゐるなかに、一点の燈火の如くに先生の家を見た。》（中ノ五）

〈私〉を魅惑して止まぬ東京は、いまや黒々とした闇に蠢き、その中を、弱々しい〈一点の燈火の如くに先生の家〉が見える。〈私は其時此燈火が音のしない渦の中に、自然と巻き込まれてゐる事に気が付かなかつた。しばらくすれば、其灯も亦ふつと消えてしまふべき運命を、眼の前に控えてゐるのだとは固より気が付かなかつた〉（同）。

つまり〈私〉はこの時、直ぐ〈眼の前に控え〉ていた先生の〈死〉に〈気が付かなかつた〉ばかりか、やがて来るであろう自らの孤独な運命にも、〈気が付かなかつた〉のである。（しかも〈私〉は〈今〉、そのことを臍を噬む思いで思い起こしているのだ。）

そして再三引くように、〈九月始め〉、一旦上京しようとして、〈私〉が父に無心をする場面――。

《其時の私は父の前に存外大人しかつた。私はなるべく父の機嫌に逆はずに、田舎を出やうとした。

父は又私を引き留めた。

「御前が東京へ行くと宅は又淋しくなる。何しろ己と御母さん丈なんだからね。そのおれも身体さへ達者なら好いが、この様子ぢや何時急に何んな事がないとも云へないよ」

私は出来るだけ父を慰めて、自分の机を置いてある所へ帰つた。私は取り散らした書物の間に坐つて、心細さうな父の態度と言葉とを、幾度か繰り返し眺めた。私は其時又蟬の声を聞いた。其声は此間中聞いたのと違つて、つく〳〵法師の声であつた。私は夏郷里に帰つて、煮え付くやうな蟬の声の中に凝と坐つてゐると、変に悲しい心持になる事がしば〳〵あつた。私の哀愁はいつも此虫の烈しい音と共に、心の底に沁み込むやうに感ぜられた。私はそんな時にはいつも動かずに、一人で一人を見詰めてゐた。

私の哀愁は此夏帰省した以後次第に情調を変へて来た。油蟬の声がつく〳〵法師の声に変る如くに、私を取り巻く人の運命が、大きな輪廻のうちに、そろ〳〵動いてゐるやうに思はれた。》（中ノ八）

おそらくこれは、「こゝろ」の中でもっとも印象的な場面と言ってよい。

父の〈死〉は〈眼の前に〉迫っている。しかしその父を置いて、しかも欺き裏切るように、〈私〉はいま家を出てゆかなければならない。

だが、子が〈独立〉するためには、一日も早く、父や母を欺き裏切ってまでも、家を出てゆかなければならない。どんなに詭弁に聞こえようとも、それが子の定めではないか。

然し無論、子も木石ではない。父や母に対して一層の負債を背負いながら、子はその自らの哀しい定めに耐えなければならない。

〈私〉は一人、悄然と自分の部屋に帰る。そしてその時、〈私〉は〈蟬の声〉を聞くのである。

〈私は夏郷里に帰つて、煮え付くやうな蟬の声の中に凝と坐つてゐると、変に悲しい心持になる事がしば〳〵あつた。私の哀愁はいつも此虫の烈しい音と共に、心の底に沁み込むように感ぜられた〉――。それは〈私〉が遠からず別れてゆく〈郷里〉、そして父や母、さらにやがて一切と切れ切れに離れて生きていかなければならない、そのいわば百年の孤独が醸し出す〈哀愁〉であり、しかも〈私〉はそれを〈一人で一人を見詰め〉ながら、とは、たった一人で耐えてゆかなければならない。

しかし、〈私の哀愁は此夏帰省した以後次第に情調を変へて来た。油蟬の声がつく〳〵法師の声に変る如くに、私を取り巻く人の運命が、大きな輪廻のうちに、そろ〳〵動いてゐるやうに思はれた〉(同)。

おそらくは喧しい蟬時雨。しかしそれに聞き入る〈私〉はやがて、いわば宇宙の闇と静けさに溶け込み[*29]、ひとたびは切れ切れになった〈人の運命〉が、〈大きな輪廻のうち〉にふたたび結ばれて、あたかも洪大な自然とともに、〈そろ〳〵動いてゐるやうに思はれた〉というのだ[*30]。

＊29　言うも愚かだが、この一節には芭蕉の〈閑かさや岩にしみ入る蟬の声〉が引用されているだろう。

＊30　因みに小森氏は、〈しかし人は、自己と他者、自己と世界との間に、真の意味での「繋り」がなく、「余所々々しい」疎隔しか存在しないことに気づき、そのことを徹底して自覚し、

疎隔された状態に堪え、自分と共に存在するような他者との出会いへの希求を、切なる願いへとおしすすめる中で、はじめて主我的自己から脱け出し、他者との共感、他者―と―共に在ることにむかって開かれていくのである〉と言っている。しかし〈自己と他者〉と言い〈自己と世界〉と言い、その間に〈真の意味での「繋り」がなく、「余所々々しい」疎隔しか存在しないことに気づ〉いた同じ人間が、どうして〈自分と共に存在するような他者との出会い〉を〈希求〉しうるのか。〈他者との共感、他者―と―共に在ることにむかって開かれていく〉ことに、徹底して絶望したはずの彼が？　いや人は〈そのことを徹底して自覚し、疎隔された状態に堪え〉るしかない。そしてその時人は〈自己と他者〉〈自己と世界〉、つまり〈社会〉を越えて、無限の宇宙、そして自然の中に一人佇むことこそ、やがてあの人間の百年の孤独、千年の孤独、いや永遠の孤独に耐えることであることを知るだろう。なお人間と自然ということについては、拙著『獨歩と漱石―汎神論の地平―』（翰林書房、平成十七年十一月）で論述した。

だが一時〈私〉に垣間見えた〈大きな輪廻〉の影を後に、〈私〉は先生の手紙（遺書）に急かされて、闇雲に東京に出てゆくのだ。〈死に瀕してゐる父〉（中ノ十五）を置いて、また母の〈「今にも六づかしいといふ大病人を放ちらかして置いて、誰が勝手に東京へなんか行けるものかね」〉（同十一）と言い、兄の〈「外の事と違ふからな」〉（同十四）と言う禁止と警告を振り切って――。

が、〈其時私の知らうとするのは、たゞ先生の安否だけであつた〉（同十八）という言葉に嘘はないだろう。そしてたしかにそこに、〈私〉の青春の純一と誠実があったといえよう。〈年の若い私は稍ともすると一図になり易かつた〉（上ノ十四）。そしてそれは半面、〈「あんまり逆上《のぼせ》ちや不可ません」と先生がい〉（同）うように、〈「熱に浮かされ」〉（同）た結果なのかもしれない。しかしまた、それこそが青春の特権であるといえる。

だが、その後〈私〉は一体どうなったのか？　無論先生の死に目に会うことは叶わなかったにちがいない。そしてそれから〈私〉は、ともあれ一旦は郷里に帰ったろう。越智治雄氏はここで、「門」の次の一節を引用している。*31

《さうして帰つて来た時は、父の亡骸《なきがら》がもう冷たくなつてゐたのである。宗助は今に至る迄其時の父の面影を思ひ浮べては済まない様な気がした。》

*31 「こゝろ」（前出）

二重の悔恨と慚愧の思いを、〈私〉は嚙み締めていたにちがいない。しかし、にもかかわらず、その後〈私〉は結婚し、子供まで儲けたという。が、それにしても〈私〉は、いま何処にいるのか？　郷里にか？　東京にか？

もし郷里に残ったとすれば、〈土の臭を嗅いで朽ちて行つて〉（中ノ十五）いるのか。そしてやがて子供から、〈無知から出る田舎臭〉さを嘲けられているのか。またあるいは望み通り、〈東京で気楽に暮らして〉（中ノ二）いるのか。そして子供から、〈父の凡ても知り尽してゐ〉（同八）ると侮られ見縊られているのか。もとよりすべては臆測にすぎない。しかしいずれにしても〈情合の上に親子の心残りがある丈〉（同）の〈物足りな〉（上ノ二十三）い存在として生きているにちがいない。[*32]〈私〉の〈記述の底〉に、〈沈鬱な調子〉の流れている所以である。[*33]

＊32　この数年来、筆者は授業で島崎藤村の「家」を講じている。その講義要項の一節に曰く〈人間は家なくして生まれもせず、生きることもできない。まず両親のもとに息子、娘として生まれ、兄弟姉妹として育ち、そして結婚して夫婦となり、子をなし、父親、母親となって死ぬ〉。その永遠の繰り返し。だからこの間、人は特別の人生を生きるわけでもなく、また誰をも超えることなど出来ない。なお詳しくは拙著『島崎藤村―「春」前後―』（審美社、平成九年五月）参照。

＊33　越智治雄「こゝろ」（前出）。また越智氏は、〈若い私〉（上ノ三）〈私は若かつた〉（同四）〈経験のない当時の私〉（同八）等々を列挙し、これらの〈語気に響いている苦い思いをみのがすことはできない〉と言い、〈そういう若さを「私」は痛恨の情をもってふりかえっている〉と言っている。

先生の遺書

先生はなぜ遺書を書くのか。――先生は遺書の最後にこう書いている。

《私《わたくし》が死なうと決心してから、もう十日以上になりますが、その大部分は貴方に此長い自叙伝の一節を書き残すために使用されたものと思つて下さい。始めは貴方に会つて話をする気でゐたのですが、書いて見ると、却つて其方が自分を判然《はつきり》描《ゑが》き出す事が出来たやうな心持がして嬉しいのです。私は酔興に書くのではありません。私を生んだ私の過去は、人間の経験の一部分として、私より外に誰も語り得るものはないのですから、それを偽りなく書き残して置く私の努力は、人間を知る上に於て、貴方にとつても、外の人にとつても、徒労ではなからうと思ひます。渡辺華山は邯鄲といふ画を描くために、死期を一週間繰り延べたといふ話をつい先達て聞きました。他《ひと》から見たら余計な事のやうにも解釈できませうが、当人にはまた当人相応の要求が心の中にあるのだから已むを得ないとも云はれるでせう。私の努力も単に貴方に対する約束を果すためばかりではありません。半ば以上は自分自身の要求に動かされた結果なのです。》（下ノ五十六、以下断らぬかぎり下より引用）

謎に充ちた文面といってよい。が、中でも先生が、〈単に貴方に対する約束を果すためばかり〉に遺書を書くのではない、〈半ば以上は自分自身の要求に動かされ〉ての結果なのだという、その言葉にまずこだわってみなければならない。ではその〈当人相応の要求〉とは、一体どういうことであるのか。

たしかに先生は約束した。〈「よろしい」〉（上ノ三十一、以下同）、〈「話しませう。私の過去を残らず、あなたに話して上げませう」〉。もっとも先生は〈「今は話せない」〉とも言う。〈「適当の時機が来なくつちや話さないんだから」〉――。

そういえば、先生は遺書の冒頭にも、〈私は書きたいのです。義務は別として私の過去を書きたいのです〉(二)と言っていた。しかも〈其時私はまだ生きてゐた。死ぬのが厭であつた。それで他日を約して、あなたの要求を斥ぞけてしまつた〉(同)と、その時〈「今は話せない」〉と断った理由にも言及している。が、そうだとすれば、先生はいままさに〈死なうと決心し〉たのであり、だからこそ遺書を書くことになったのだといえよう。

要するに先生は、これから死ぬために書いているのだ。とは自分がなぜ死ぬのか、その死への必然を自分に〈判然《はっきり》描き出す〉ために書いているのである。

だがそれにしても、先生は本当にそんなことを書きうるのか。なぜなら、そんなことは死んでみなければ書けないのではないか。まだ死んでいない以上、先生は死への到達を知ることも、それを言葉に表すこともできないだろうし、だから自分が遺書を書いているとも、まして書き了えるとも断言できないはずなのだ。

もとより予告することはできるだろう。しかしそれが予告である以上、なんの確証もありはしまい。しかもそうしている内にも死への接近を重ねながら、しかし究極の所で先生にできることは、だからそうして予告することだけではないか。とすれば、先生はそのように、おそらくその終わりない予告を、ただ書き続けるしかないというべきなのである。

ところで、先生が〈死なうと決心〉したのは、いまに始まったことではない。〈私は今日に至る迄既に二三度運命の導いて行く最も楽な方向へ進まうとした事があります〉（五十五）と先生はいう。（その直前に、〈私がこの牢屋の中に凝としてゐる事が何うしても出来なくなつた時、又その牢屋を何うしても突き破る事が出来なくなつた時、必竟私にとつて一番楽な努力で遂行出来るものは自殺より外にないと私は感ずるやうになつた〉とある。）

だが、〈同時に私だけが居なくなつた後の妻《さい》を想像して見ると如何にも不憫でした。母の死んだ時、是から世の中で頼りにするものは私より外になくなつたと云つた彼女の述懐を、私は腸《はらわた》に沁み込むやうに記憶させせられてゐたのです。私はいつも躊躇しました。妻の顔を見て、止して可かつたと思ふ事もありました。さうして又凝と竦んで仕舞ひます〉（同）という。つまり先生はつねにそんなにも死を意志しながら、しかし死へ至り着けないでいたのだ。（とすれば、いまいかに強く〈死なうと決心し〉たとしても、先生はまた〈躊躇〉し、〈妻の顔を見て、止して可かつたと思ふ〉かもしれないではないか。）

要するに先生は、どうしても死ぬことが出来なかったのだ。と同時に先生は、生きることも出来ない。〈又凝と竦んで仕舞〉うのであり、しかも先生の眼の前には、〈死の道丈〉（同）が残されているというのだ。こうして先生は死を目指しながら、しかしそれに至り着くことの出来ないまま、すでにつねに死の空間を歩み続ける。あるいはそれは〈死にゆくこと〉の無際限な時間、とはつまり〈生きゆくこと〉の無際限な時間に属しているといってもよいのだ。——そしておそらく先生の、このような死への果てしなき彷徨こそ、〈死といふ事実〉（上ノ五）の厭うべき、恐るべき相貌だといえるのではないか。[*1]

先生は〈私は妻のために、命を引きずつて世の中を歩いてゐた〉(下ノ五十五)と書く。そして〈記憶して下さい。私は斯んな風にして生きて来たのです〉(同)と書く。たしかに先生に確信をもって言えることは、こう言うことでしかなかっただろう。死への経緯を自分に〈判然《はっきり》描き出す〉ために書き始めながら、結局先生は逆に、その死への終わりない錯迷を、だから〈斯んな風にして生きて来た〉と、まさに終わりなく書き続けるしかなかったのだ。[*2]

*1 小論は以下、M・ブランショ『文学空間』(粟津則雄、出口裕弘訳、現代思潮社、昭和四十七年七月)に示唆を得ている。

*2 先生は〈此手紙〉(十三、五十六)とか〈自叙伝〉(五十六)とはいうが、遺書とはいわない。いやいえないのだ。

ところで、自分自身の死への接近を繰り返し辿り直していたごとく、先生はKの死とその遺書の意味を、繰り返し辿り直していた(推考していた)といえる。——Kはつねに〈道〉(十九)とか〈精進〉(同)とかいう言葉を口にしていたという。寺に生まれ、〈仏教の教義で養はれた〉(二十三、以下同)Kは、〈昔の高僧だとか聖徒《セーント》だとかの伝〉をよく読んだことから、〈精神と肉体とを切り離したがる癖〉がつき、〈肉を鞭撻すれば霊の光輝が増す〉かのように、〈自分で自分を破壊しつゝ進〉(二十四)んだというのだ。が、そうだとすると、いかに極端に見えようとも、要するにKが修行僧のごとく、自らの生身（自我）を否定し、いわばひたすら自己を無の境地へと解放することを願っていたことに間違いはない。

しかも先生には終始、そういうKの姿が〈偉大〉（同）に映り、その言葉が〈尊とく響いた〉（十九）という。なるほどその時、お嬢さん（静）を恋していた先生は、そのKの〈人間〉に背を向けようとする陰鬱な情熱に反抗して、〈人間らしい〉（三十一、以下同）という言葉を主張する。しかしその時もKから、〈霊のために肉を虐げたり、道のために体《たい》を鞭ったりした所謂難行苦行の人〉を挙げて、〈どの位そのために苦しんでゐるか解らないのが、如何にも残念だ〉と抗議されると、先生にはもうそれ以上、反論することができなかったのである。それを〈気取り過ぎたと云つても、虚栄心が祟つたと云つても同じでせう〉。しかし〈私のいふ気取るとか虚栄とかいふ意味は、普通のとは少し違ひます。それがあなたに通じさへすれば〉と先生は言う。おそらく先生にも、Kの求めるあの無の境地への、強く混り気のない憧憬があったといってもおかしくはないのだ。

たしかに、それは驚くべき渇望といってよい。〈人間〉であることを拒否し、だから生きることの幸せに背を向けて、いわば絶対的な孤独の中へと超出してゆこうとする——。それは自らを〈破壊〉しつつ、とはつまり死を意志することではないか。または自ら死の自由に、死の可能性に行き着こうとすることではないか。しかもなぜそれほどに、その〈道〉は〈気高い〉（十九）のか。おそらくそれは、死が極限的なものであり、だから死を思いのままになしうる人間は、極限まで己れを思いのままになしうるからではないか。

だがそれではKは、その死に行き着けたのか。先生が、Kの手首に懸けた〈珠数《じゅず》〉（二十）を数える仕種を訝るように、〈何処迄数へて行つても終局は〉（同）ないのではないか。そしてそうだとすれば、ここでもKに科されているものは、そんなにも死を意志しつつ、しかし死に行き着けない、だからその意味で、死への終わりない彷徨というほかはないのだ。

ところがそんな折、先生はKの〈重々しい口〉（三十六）から、〈彼の御嬢さんに対する切ない恋を打ち明けられた〉（同）のである。いや〈さうした恋愛の淵に陥いつた彼を、何んな眼で私が眺めるか〉（四十）、〈批判を求め〉（同）られたのである。

先生は驚く。たしかに〈度々繰り返すやう〉（同）に、Kは〈剛情〉（二十一、二十二）であり、〈強情〉（二十三、三十、四十二、四十三）であった。しかしその彼が〈平生《へいぜい》と異な〉（四十）り、〈様子が違〉（同）って、先生の前に小さく佇んでその〈批判〉を請うていたのだ。

《私がKに向つて、此際何んで私の批評が必要なのかと尋ねた時、彼は何時もにも似ない悄然とした口調で、自分の弱い人間であるのが実際耻づかしいと云ひました。さうして迷つてゐるから自分で自分が分らなくなつてしまつたので、私に公平な批評を求めるより外に仕方がないと云ひました。私は隙かさず迷ふといふ意味を聞き糺しました。彼は進んで可いか退ぞいて可いか、それに迷ふのだと説明しました。私はすぐ一歩先へ出ました。さうして退ぞかうと思へば退ぞけるのかと彼に聞きました。すると彼の言葉が其所で不意に行き詰りました。彼はたゞ苦しいと云つた丈でした。》（同）

Kは〈進んで可いか退ぞいて可いか〉、〈自分で自分が分らなくなつてしまつた〉と言う。いわば

〈人間〉に背を向けて死に行き着こうとした自分が、まさにその〈人間〉（静）に、凄まじいばかりの力で繋がれていることをKは知ったのだといえよう。

そしてこの時おそらくKは、初めて自分が、あの死の自由、死の可能性へとついに超出できないことを、まさに目くるめくばかりの思いの中で感得したにちがいない。〈進んで可いか退ぞいて可いか、それに迷ふのだ〉。つまりKは、進むことも出来ず、退くことも出来ない場所に佇立せざるをえない。とすれば、彼に残されていることは、ただまたしても、あの限りない錯迷以外ではなかったはずなのである。[*3]

しかし、〈たゞKが急に生活の方向を転換して、私の利害と衝突するのを恐れた〉（四十一、以下同）先生は、いわばKを再び荒野へと、荒野の〈彷徨〉へと追いやるのだ。先生はかつてKから投げ付けられた、〈「精神的に向上心のないものは、馬鹿だ」〉という言葉を、〈二度〉までもKに投げ返す。〈私は此一言で、彼が折角積み上げた過去を蹴散らした積ではありません。却つてそれを今迄通り積み重ねて行かせやうとしたのです。それが道に達しやうが、天に届かうが、私は構ひません〉と先生は言う。たしかに、その言葉は〈Kに取つて痛〉かったにちがいない。Kは〈「僕は馬鹿だ」〉と力無く答えたというのである。

しかし先生は、追及の手を弛めない。Kは〈「もう其話は止めやう」〉（四十二、以下同）、〈「止めて呉れ」〉と哀願する。そして最後、先生の〈「一体君は君の平生の主張を何うする積なのか」〉という問いに、〈「覚悟？・」〉、〈「覚悟ならない事もない」〉と答えたというのである。

《「止めて呉れつて、僕が云ひ出した事ぢやない、もと〳〵君の方から持ち出した話ぢやないか。然し君が止めたければ、止めても可いが、たゞ口の先で止めたつて仕方があるまい。君の心でそれを止める丈の覚悟がなければ。一体君は君の平生《へいぜい》の主張を何うする積なのか」
私が斯う云つた時、背《せい》の高い彼は自然と私の前に萎縮して小さくなるやうな感じがしました。彼はいつも話す通り頗る強情な男でしたけれども、一方では又人一倍の正直者でしたから、自分の矛盾などをひどく非難される場合には、決して平気でゐられない質《たち》だつたのです。私は彼の様子を見て漸《やう》やく、安心しました。すると彼は卒然「覚悟？」と聞きました。さうして私がまだ何とも答へない先に「覚悟、——覚悟ならない事もない」と付け加へました。彼の調子は独言《ひとりごと》のやうでした。又夢の中の言葉のやうでした。》（四十二）

先生はその晩、再び〈安静な夜〉（四十三）を迎えたという。Kから〈「覚悟」〉という言葉を聞いて、先生はほぼ自分の思い通りに、事が進んでいると信じたのである。*4

《Kが古い自分をさらりと投げ出して、一意に新らしい方角へ走り出さなかつたのは、現代人の考へが彼に欠けてゐたからではないのです。彼には投げ出す事の出来ない程尊とい過去があつたからです。彼はそのために今日迄生きて来たと云つても可い位なのです。だからKが一直線に愛の目的物に向つて猛進しないと云つて、決して其愛の生温《ぬる》い事を証拠立てる訳には行きません。いくら熾烈な感情が燃えてゐても、彼は無暗《むやみ》に動けないのです。前後を忘れる程の衝動が起る機会を彼に与へない以上、Kは何うしても一寸踏み留まつて自分の過去を振り返らなければならなかつたのです。さうすると過去が指し示す路を今迄通り歩かなければならなくなるのです。其上彼には現代人の有たない強情と我慢がありました。私は此双方の点に於て能く彼の心を見抜いてゐた積なのです》（四十三）

言うなれば先生は、これほどにKを、そしてKと自分とが共有していた〈尊とい過去〉を信じていたのだといえよう。

だが一日もたたず先生は、Kの〈「覚悟」〉という言葉を、〈Kが御嬢さんに対して進んで行くといふ意味〉（四十四、以下同）に解釈し直してしまう。〈もう一辺彼の口にした覚悟の内容を公平に見廻したらば、まだ可かつたかも知れません。悲しい事に私は片眼《めつかち》でした〉。〈果断に富んだ彼の性格が、恋の方面に発揮されるのが即ち彼の覚悟だらうと一図に思い込んでしまつたのです〉。

先生は〈最後の決断〉をする。〈一週間の後〉先生はKを出し抜き、お嬢さんとの結婚をその母親〈奥さん〉に申し込む。そしてそれを知った時から〈二日余り〉（四十八）、突然〈Kは自殺して死んで仕舞つた〉（同）というのだ。

こう見てくれれば、たしかに先生はKを欺いたにちがいない。しかし先生が真に欺いたのは、自分とKとが共有していると信じた〈尊とい過去〉、その〈過去が指し示す路〉ではなかったか。いかに〈熾烈な感情〉が燃えていたとしても、Kが〈無暗に動けない〉ことを、さらに〈尊とい過去〉、その〈過去が指し示す路〉を、〈今迄通り歩かなければならな〉いことを確信しながら、そう確信した自分自身を先生は裏切っていたわけなのである。

＊3　先生はこれを〈Kが理想と現実の間に彷徨してふら〱してゐる〉（四十一）と評してい

る。

＊4　いや、すでにこのときKは、死を〈覚悟〉していたのではないか。

ところで、先生は遺書の初めに、〈私は倫理的に生れた男です。又倫理的に育てられた男です。其倫理上の考は、今の若い人と大分違つた所があるかも知れません〉(二)と言っていた。が、この〈倫理的〉とは一体どういうことか。

このことに関し、上京してKと起居を共にした折のことを、〈山で生捕られた動物が、檻の中で抱き合ひながら、外を睨めるやうなものでしたらう。二人は東京と東京の人を畏れました。それでゐて六畳の間の中では、天下を睥睨するやうな事を云つてゐたのです〉(十九)と先生はいい、さらに、《然し我々は真面目でした。我々は実際偉くなる積でゐたのです。ことにKは強かつたのです。寺に生れた彼は、常に精進といふ言葉を使ひました。さうして彼の行為動作は悉くこの精進の一語で形容されるやうに、私には見えたのです。私は心のうちで常にKを畏敬してゐました。》(同)と言っていた。

そしてKが、〈彼を医者にする積で東京へ出した〉(十九)養家の意向に反し、文科に進もうとした時、先生は、〈それでは養父母を欺むくと同じ事ではないかと詰《なじ》〉ったという。しかし、《大胆な彼は左右だと答へるのです。道のためなら、其位の事をしても構はないと云ふのです。其時彼の用ひた道といふ言葉は、恐らく彼にも能く解つてゐなかつたでせう。私は無論解つたとは云へません。然し年の若い私達には、この漠然とした言葉が尊とく響いたのです。よし解らないにしても気高い心持に支配されて、そちらの方へ動いて行かうとする意気組に卑しい所の見える筈はありません。私はKの説に賛成しました。》(同)

さらに、養家からも絶縁され、実家からも〈勘当〉(二十一)され困窮するKを、自分の下宿に連れて来ようとして先生は、〈剛情なK〉(二十二、以下同)を〈説き落す〉ために、〈一所に住んで、一所に向上の路を辿って行きたいと発議〉する。そして〈意志の力を養つて強い人になるのが自分の考だ〉と言うKに対し、〈自分もそういふ点に向つて、人生を進む積だつたと遂には明言〉するのだ。しかも、〈(尤も是は私に取つてまんざら空虚な言葉でもなかつたのです。Kの説を聞いてゐると、段々さういふ所に釣り込まれて来る位、彼には力があつたのですから)〉と付け加えるのである。

要するに先生は、Kほどに極端ではないまでも、*5 Kが至り着かんとしていたあの至高の境地への憧憬を、同じく熱く深く、胸に抱き続けていたといわなければならない。*6 しかも、Kに〈釣り込まれ〉たとはいえ、むしろこうして先生の方から強め続けてきたKとの紐帯――。

そしてそれは、先生が度々〈私〉に対して言った〈今の青年の貴方がたから見たら〉(十四)とか、〈今と違つた空気の中に育てられた私共〉(十七)とか、さらにふたたび〈今の貴方がたから見たら〉(二十九)とかいう言葉にうかがわれるように、*7 今から遠い時代、今から遠い過去より、先生が、そしてその世代が、育み続けて来たかけがえのない共生感、つまりはあの〈倫理〉だったのだ。

先生はそれを、だから守り続けなければならない。が、繰り返すまでもなく、先生はそれを自ら裏切ったのである。

＊5　〈Kは昔しから精進といふ言葉が好でした。私は其言葉の中に、禁欲といふ意味も籠つてゐるのだらうと解釈してゐました。然し後で実際を聞いて見ると、それよりもまだ厳重な意味が含まれてゐるので、私は驚ろきました。道のためには凡てを犠牲にすべきものだと云ふのが彼の第一信条なのですから、摂慾や禁慾は無論、たとひ慾を離れた恋そのものでも道の妨害《さまたげ》になるのです〉（四十一）

＊6　越智治雄氏はそれを〈絶対志向〉と呼んでいる。「こゝろ」（「国文学」昭和四十三年四、五、七、四十四年六月）、のち『漱石私論』（角川書店、昭和四十六年六月）所収。

＊7　先生のこうした言葉は、多く〈男女《なんによ》に関係した点〉（四十二）で言われているのだが、そして多く〈道学の余習〉（同）の中にいたもの、（あるいはこれは〈私〉の言葉だが）〈一時代前の因襲のうちに成人〉（上ノ十二）したものという意味で言われているのだが、しかし同時に先生は、それを、男女の関係などはあくまで地上のことと〈睥睨〉（十九）しつつ（〈恋は路傍の花〉）、つねにあの絶対なるものを志向していた自らの、そして自らの世代の記憶において語っていたのかもしれない。

〈最後の決断〉（四十四、以下同）をしてから〈一週間〉、先生は〈とう〳〵堪え切れなくなつて仮病を遣〉う。そしてKとお嬢さんが学校へ行った後、先生は〈突然〉（四十五、以下同）奥さんに、〈「御嬢さんを私に下さい」〉と切り出す。奥さんは驚くが、〈「宜ござんす、差し上げませう」〉と答える。

先生はその後、長い散歩に出る。が、帰って来てKの顔を見た〈刹那〉（四十六、以下同）、先生は〈彼の前に手を突いて、詫《あや》まりたくなつた〉という。〈しかも私の受けた其時の衝動は決して弱いものではなかつたのです。もしKと私がたつた二人曠野の真中にでも立つてゐたならば、私は屹度良心の命令に従つて、其場で彼に謝罪したらうと思ひます。然し奥には人がゐます。私の自然はすぐ其所で食ひ留められてしまつたのです。さうして悲しい事に永久に復活しなかつたのです〉という周知の一節がここに記される――。

〈二三日過〉（四十七、以下同）ぎ、〈五六日経《た》つた後〉、奥さんが〈Kにあの事を話したかと聞く〉。〈まだ話さないと答へ〉ると、奥さんは〈「道理で妾が話したら変な顔をしてゐましたよ。貴方もよくないぢやありませんか、平生あんなに親しくしてゐる間柄だのに、黙つて知らん顔をしてゐるのは」〉と言い、〈一々Kの様子を語つて聞かせて呉れ〉たという。

《奥さんの云ふ所を綜合して考へて見ると、Kは此最後の打撃を、最も落付いた驚をもつて迎へたらしいのです。Kは御嬢さんと私との間に結ばれた新らしい関係に就いて、最初は左右ですかとたゞ一口云つた丈だつたさうです。然し奥さんが、「あなたも喜こんで下さい」と述べた時、彼ははじめて奥さんの顔を見て微笑を洩らしながら、「御目出たう御座います」と云つた儘席を立つたさうです。さうして茶の間の障子を開ける前に、また奥さんを振り返つて、「結婚は何時ですか」と聞いたさうです。それから「何か御祝ひを上げたいが、私は金がないから上げる事が出来ません」と云つたさう

です。奥さんの前に坐つてゐた私は、其話を聞いて胸が塞るような苦しさを覚えました。》(同)

そしてそれから〈二日余り〉(四十八)——、

《其間《そのあひだ》Kは私に対して少しも以前と異なつた様子を見せなかつたので、私は全くそれに気が付かずにゐたのです。彼の超然とした態度はたとひ外観だけにもせよ、敬服に値すべきだと私は考へました。彼と私を頭の中で並べてみると、彼の方が遥かに立派に見えました。「おれは策略で勝つても人間としては負けたのだ」といふ感じが私の胸に渦巻いて起りました。私は其時さぞKが軽蔑してゐる事だらうと思つて、一人で顔を赧らめました。然し今更Kの前に出て、恥を掻かせられるのは、私の自尊心にとつて大いな苦痛でした。

私が進もうか止さうかと考へて、兎も角も翌日《あくるひ》迄待たうと決心したのは土曜の晩でした。所が其晩に、Kは自殺して死んで仕舞つたのです。》(四十八)

Kは短い手紙を遺していた。

《手紙の内容は簡単でした。さうして寧ろ抽象的でした。自分は薄志弱行で到底行先《ゆくさき》の望みがないから、自殺するといふ丈なのです。それから今迄私に世話になつた礼が、極《ごく》あつさりした文句《もんく》で其後に付け加へてありました。世話序に死後の片付方も頼みたいといふ言葉もありました。奥さんに迷惑を掛けて済まんから宜しく詫《わび》をして呉れといふ句もありました。国元へは私から知らせて貰ひたいといふ依頼もありました。必要な事はみんな一口づゝ書いてある中に御嬢さんの名前丈は何処にも見えません。私は仕舞迄読んで、すぐKがわざと回避したのだといふ事に気が付きました。然し私の尤も痛切に感じたのは、最後に墨の余りで書き添へたらしく見える、もつと早く死ぬべきだのに何故今迄生きてゐたのだらうといふ意味の文句でした。》(同)

〈薄志弱行で到底行先の望みがない〉――、とは、あの死の自由、死の可能性に行き着こうと意志しつつ、しかしそうすることが〈到底〉不可能だった、といっているのだ。しかも、だから〈自殺する〉という時、もしそれが相も変わらず自らを死に行き着かせようと意志することだとすれば、Kはいまさらどうして自らを、その死に行き着かせることが出来るのか?[*8]

Kは、遺書の〈最後に〉(同)、〈もつと早く死ぬべきだのに何故今迄生きてゐたのだらう〉(同)と書く。つまり〈もつと早く死ぬべきだのに〉、なぜか死なずに〈今迄生きてゐた〉とKはいうのだ。Kはだからその遺書の最後に、まだ〈生きてゐ〉ると書くほかはなかったのである。そうしてそうであるならば、Kの眼の前には、まだ死への無限の隔たりが、そして遙かな〈死の道丈〉(五十五)が続いていたはずであり、彼に可能なことは、そこを依然果てしなく彷徨することだけだったのではないか。[*9]

無論Kがこの直後、〈血潮〉(同)の中に〈突ツ伏して〉(同)死んでいったことに間違いはない。が、にもかかわらず、あるいは、だからこそ、おそらくKは、それをこそ目指し、それへの道をこそ限りなく赴くべき死への彷徨とはまったく無関係に、従ってなんらの必然の結果においてではなく、だかららむしろ〈不自然な暴力〉(上ノ二十四)に見舞われたごとく、性急に死んでいったといってよいのだ。[*10]

すくなくともKは、死を意志し希望しながら、その意志し希望する死とは無縁に、それを知ることも手にすることもなく、とは意識や言葉をこえて、つまりは奥さんの〈「不慮の出来事なら仕方がない」〉（四十九）という言葉そのままに、なんの意味もなく死んでいったといってよいのだ。

＊8　今まで（過去）〈薄志弱行〉であったというKが、これからどうして未来を切り開いて行けるのか？

＊9　Kが最初〈不意に仕切の襖を開け〉（三十五）て、先生に恋の告白をする時、Kはすでに〈迷つてゐるから自分で自分が分らなくなつてしまつた〉ことを、だから先生に〈公平な批評を求めるより外に仕方がな〉くなったことを、訴えたかったにちがいない。その後Kは二度〈襖〉を開けるが（四十三、四十八）、いずれも同じ思いからであったのか。もっとも二度目、〈あの事件に就いて何か話す積ではなかつたのか〉（四十三）という先生の問いに、〈Kは左右ではないと強い調子で云ひ切〉（同）ったという。あるいはKは、すでに早く死ぬ〈覚悟〉を定めていたのかもしれまい。そしてそのことを先生に訴えたかったのかもしれない。もとよりKがそんなことをするはずはない。ただなんにせよ先生に最後の別れを言おうと迷っていたのかもしれない。とすれば三度目に〈襖〉を開けた時も、Kはそういう形で（とは依然〈他者との結びつきに対する希求〉（前出越智論文）を抱いて）、まだ死の手前で、だから生のこちら側をさまよい続けていたのだ。

＊10　先生は〈「自殺する人はみんな不自然な暴力を使ふんでせう」〉（上ノ二十四）と言っていた。たしかに理非を超え、言葉を超えた理不尽な力。おそらく先生はこのことを、Kの〈自殺〉を目の前にした経験から言っていたにちがいない。ただその言葉に、〈「すると殺されるのも、

やはり不自然な暴力の御蔭ですね」〉（同）と応えた〈私〉に、先生は〈「殺される方はちつとも考へてゐなかつた。成程左右いへば左右だ」〉（同）と云う。つまり先生は、〈自殺〉とは己れが己れを殺すことであると同時に、己れが己れに殺されることでもあるにもかかわらず、迂闊にも、己れが己れを殺す、とは、いわば己れが主体的に死を選ぶことをのみ考え、己れが理不尽に、そして無意味に殺されて行くことを考えに入れていなかったといわなければならない。序にいえば、この会話が交されたのは明治四十五年一月、先生の死のほぼ八ケ月前のことである。

先生は多くの人々から、〈Kが何《ど》うして自殺したのだらうといふ質問を受け〉（五十一）る。〈私の良心は其度にちく〳〵刺されるやうに痛みました〉（同）と先生は言う。〈さうして私は此質問の裏に、早く御前が殺したと白状してしまへといふ声を聞いたのです〉（同）。

ほどなく先生達は居を移す。そして、

《移つて二ケ月程してから私は無事に大学を卒業しました。卒業して半年も経《た》たないうちに、私はとう〳〵御嬢さんと結婚しました。外側から見れば、万事が予期通りに運んだのですから、目出度と云はなければなりません。奥さんも御嬢さんも如何にも幸福らしく見えました。私も幸福だつたのです。けれども私の幸福には黒い影が随いてゐました。私は此幸福が最後に私を悲しい運命に連れて行く導火線ではなからうかと思ひました。》（五十一）

先生の心の呵責は、いつまでも続く。

《実は私も初からそれを恐れてゐたのです。年來の希望であつた結婚すら、不安のうちに式を挙げたと云へば云へない事もないでせう。然し自分で自分の先が見えない人間の事ですから、ことによると或は是が私の心持を一転して新らしい生涯に入る端緒《いとくち》になるかも知れないとも思つたのです。所が愈夫として朝夕妻《さい》と顔を合せて見ると、私の果敢ない希望は手厳しい現実のために脆くも破壊されてしまひました。私は妻と顔を合せてゐるうちに、卒然Kに脅かされるのです。つまり妻が中間に立つて、Kと私を何処迄も結び付けて離さないやうにするのです。妻の何処にも不足を感じない私は、たゞ此一点に於て彼女を遠ざけたがりました。》（五十二）

要するに先生は、〈妻と顔を合せてゐるうちに〉、彼女を手に入れる[*11]ことで犯したKへの痛恨の罪を想い起こし、〈卒然Kに脅かされる〉、〈つまり妻が中間に立つて、Kと私を何処迄も結び付けて離さないやうにする〉と言うのだ。

《妻の何処にも不足を感じない私は、たゞ此一点に於て彼女を遠ざけたがりました。すると女の胸にはすぐ夫が映ります。映るけれども、理由は解らないのです。私は時々妻から何故そんなに考へてゐるのだとか、何か気に入らない事があるのだらうとかいふ詰問を受けました。笑つて済ませる時はそれで差支ないのですが、時によると、妻の癇も高じて來ます。しまひには「あなたは私を嫌つてゐらつしやるんでせう」とか、「何でも私に隠してゐらつしやる事があるに違ない」とかいふ怨言も聞かなくてはなりません。私は其度に苦しみました。

私は一層思ひ切つて、有の儘を妻に打ち明けやうとした事が何度もあります。然しいざといふ間際になると自分以外のある力が不意に來て私を抑え付けるのです。私を理解してくれる貴方の事だから、説明する必要もあるまいと思ひますが、話すべき筋だから話して置きます。其時分の私は妻に対して己を飾る気は丸でなかつたのです。もし私が亡友に対すると同じやうな善良な心で、妻の前に懺悔の言葉を並べたなら、妻は嬉し涙をこぼしても私の罪を許してくれたに違ないのです。それを敢てしない私に利害の打算がある筈はありません。私はたゞ妻の記憶に暗黒な一点を印するに忍びなかつたから打ち明けなかつたのです。純白なものに一雫の印気でも容赦なく振り掛けるのは、私にとつて大変な苦痛だつたのだと解釈して下さい。》（同）

無論先生は、妻を〈「嫌つてゐ」〉るわけではない。むしろますます妻をいとおしく思っているのだ。が、そうであればあるほど、妻を愛するゆえに裏切ったKの面影が蘇り、先生は妻を〈遠ざけたが〉ったという。とすると先生は、妻を愛しつつ、同時に妻を愛せなくなっていたのではないか。

先生はいっそのこと、〈有の儘を妻に打ち明けやう〉とするが、それも出来ない。越智治雄氏もいうように[*12]、〈先生は、奥さんに自身の現在と同様の自意識の地獄への道を歩ませたくな〉かったのであり、〈かりに妻が許したにせよ、実はそれがこの意識家にとって何の解決にもならぬことを先生が正確に知ってい〉たからである。

先生は〈己れを忘れやう〉（五十三）として、〈書物に溺れ〉（五十二）、〈酒に魂を浸〉（五十三）す。しかし〈無理に目的を拵《こしら》えて、無理に其目的の達せられる日を待つのは嘘〉（五十二）である以上、先生に〈己れを忘れ〉ることなど出来ないのだ。

妻の〈怨言〉（同）は募る。〈妻は度々何処が気に入らないのか遠慮なく云つて呉れと頼みました〉（五十三、以下同）。〈ある時は泣いて「貴方は此頃人間が違つた」と云ひました〉。〈それ丈なら未可いのですけれども、「Kさんが生きてゐたら、貴方もそんなにはならなかつたでせう」と云ふのです〉。〈私は左右かも知れないと答へた事がありましたが、私の答へた意味と、妻の了解した意味とは全く違つてゐたのですから、私は心のうちで悲しかつたのです。それでも私は妻に何事も説明する気にはなれませんでした〉。

先生は、〈世の中で自分が最も信愛してゐるたつた一人の人間すら、自分を理解してゐないのかと思ふと、悲しかつたのです〉と続ける。〈理解させる手段があるのに、理解させる勇気が出せないのだと思ふと益《ます〳〵》悲しかつたのです。私は寂寞でした。何処からも切り離されて世の中にたつた一人住んでゐるやうな気のした事も能くありました〉。

まさに、〈何処からも切り離されて世の中にたつた一人住んでゐるやうな〉孤絶感、その絶対的な孤独感——。

《同時に私はKの死因を繰り返し〳〵考へたのです。其当座は頭がたゞ恋の一字で支配されてゐた所為でもありませうが、私の観察は寧ろ簡単でしかも直線的でした。Kは正しく失恋のために死んだものとすぐ極めてしまつたのです。しかし段々落ち付いた気分で、同じ現象に向つて見ると、さう容《たや》易《す》くは解決が着かないやうに思はれて来ました。現実と理想の衝突、——それでもまだ不充分でした。

私は仕舞にKが私のやうにたつた一人で淋《さむ》しくつて仕方がなくなつた結果、急に所決したのではなからうかと疑がひ出しました。さうして又慄《ぞつ》としたのです。私もKの歩いた路を、Kと同じやうに辿つてゐるのだといふ予覚が、折々風のやうに私の胸を横過《よこぎ》り始めたからです。》（五十三）

注目すべきことは、先生がこの時を境に、Kの〈所決〉した路を、自らも〈同じやうに辿つてゐるのだといふ予覚〉に脅えはじめたということである。（つまり先生はここに至り、はじめて自分の死を、自分に迫り来つつある死を意識しはじめたのだ――。）

〈其内妻の母が病気になりました〉（五十四、以下同）と遺書は続く。先生は〈力の及ぶかぎり懇切に看護〉したという。〈是は病人自身の為でもありますし、又愛する妻の為でもありましたが、もつと大きな意味からいふと、ついに人間の為でした〉――。

が先生は、かつてKに対し、あの至高なるもの、至上なるもの、とは言うならば、〈大きな意味からいふと、ついに人間の為〉という一〈点に向つて、人生を進む積だ〉（二十二）と誓いながら、その道から〈足を滑らした〉（四十七）男ではなかったか。

〈母の亡くなつた後、私は出来る丈妻を親切に取り扱かつて遣りました〉と先生は続ける。そしてここでも先生は、〈私の親切には箇人を離れてもつと広い背景があつたやう〉だといい、〈丁度妻の母の看護をしたと同じ意味で、私の心は動いたらしい〉という。[*13]

そしてたしかに、先生には〈妻は満足らしく見え〉たという。しかしはたして先生は、〈其満足のうちには、私を理解し得ないために起るぼんやりした稀薄な点が何処かに含まれてゐるやうでした〉

といわなければならない。そして〈女には大きな人道の立場から来る愛情よりも、多少義理をはづれても自分丈に集注される親切を嬉しがる性質が、男よりも強いやうに思はれます〉と続けるのだ。[*14]

おそらく、静は鋭く、夫の欺瞞を直観していたのではないか？[*15]

とまれ、こうして先生に、出てゆく道はことごとく塞がれてしまう。そして先生はこの直ぐ後、〈私がこの牢屋の中に凝としてゐる事が何うしても出来なくなつた時、又その牢屋を何うしても突き破る事が出来なくなつた時、必竟私にとつて一番楽な努力で遂行出来るものは自殺より外にないと私は感ずるやうになつたのです〉（五十五）と言うのである。

＊11　先生に〈御嬢さんを専有したいといふ強烈な一念〉（三十二）という言葉がある。

＊12　前出「こゝろ」。

＊13　しかし先生には、そう言えば言うほど、自分の言葉が空疎に感じられていたはずなのだ。

＊14　先生に、〈私は極めて高尚な愛の理論家だつたのです。同時に尤も迂遠な愛の実際家だつたのです〉（下ノ三十四）という言葉がある。

＊15　静は〈私〉に〈「あなたは学問をする方丈あつて、中々御上手ね。空つぽな理窟を使ひこなす事が」〉（上ノ十六）と言い、〈「議論はいやよ。よく男の方は議論だけなさるのね、面白さうに。空の盃でよくあゝ飽きずに献酬が出来ると思ひますわ」〉（同）といっていた。おそらくこの言葉は、夫の空疎な言葉、その欺瞞性に向けられていたのではないか。

だが、ここで遺書には、次の一節が記される。

《私の胸には其時分から時々恐ろしい影が閃めきました。初めはそれが偶然外から襲つて来るのです。私は驚ろきました。私はぞつとしました。然ししばらくしてゐる中に、私の心が其物凄い閃めきに応ずるやうになりました。しまひには外から来ないでも、自分の胸の底に生れた時から潜んでゐるものゝ如くに思はれ出して来たのです。私はさうした心持になるたびに、自分の頭が何うかしたのではなからうかと疑つて見ました。けれども私は医者にも誰にも診て貰ふ気にはなりませんでした。》(五十四)

たしかに、これもまた、というより、ひときわ謎に充ちた一節といってよい。

冒頭にも述べたように、先生は遺書をまず〈私〉(青年)への〈約束〉(二)、あるいは〈義務〉(同)を果すために書きはじめたという。が、直ぐ〈其上私は書きたいのです〉(同)と言い直す。つまり〈私の努力〉(五十六、以下同)は〈単に貴方に対する約束を果すためばかりでは〉なく、〈半ば以上は自分自身の要求に動かされた結果〉(五十六)だというのだ。

ただ、いずれにしてもそれは〈私の過去〉(二)を語ることである。が、そうだとしても、それは単に、いわば〈私〉(青年)に対する謎解き、あるいは絵解き[*16]をこえて、先生自身に対する、自らの〈過去〉の謎解き、あるいは絵解きでもあったことを見逃してはならない。[*17]

そしてたしかに、先生の〈過去〉の出来事は、詳細に語り出された。両親の死、叔父の裏切り、上京とお嬢さんへの恋、お嬢さんを間にしたKとの葛藤、そしてKの死と結婚生活——。

しかしそれにしても、その間先生は、なんとつねに〈疑惑、煩悶、懊悩〉（四十四）を重ねたか。[*18] あるいはなんと度々〈猜疑〉（十五）し〈狐疑〉（十八）し、そして〈躊躇〉（十六、十七、三十四、五十五）し、〈矛盾〉（一、十四）を繰り返したか？

しかも先生は、その都度、己れの逡巡する姿を克明に描き込んでいる。〈母の遺言〉（三、以下同）をめぐり、それが〈果して母の遺言であつたのか何うか〉か、〈たゞ斯ういふ風に物を解きほどいて見たり、又ぐる〳〵廻して眺めたりする癖は、もう其時分から、私にはちやんと備はつてゐたのです〉に始まり、お嬢さんの母親を〈狡猾な策略家〉（十五、以下同）と思い、さらに〈奥さんと同じやうに御嬢さんも策略家ではなからうか〉と疑い、しかも〈二人が私の背後で打ち合せをした上、万事を遣つてゐるのだらうと思ふと、私は急に苦しくつて堪らなくなる〉、〈絶体絶命のやうな行き詰《つま》つた心持になる〉、〈それでゐて私は、一方に御嬢さんを固く信じて疑はなかつた〉、〈だから私は信念と迷ひの途中に立つて、少しも動く事が出来なくなつて仕舞ひました。私には何方も想像であり、又何方も真実であつたのです〉――。

加えてお嬢さんの〈笑ひ〉（十六、二十六、三十四）。先生は〈いつまでも、馬鹿にされたのだ、馬鹿にされたんぢやなからうかと、何遍も心のうちで繰り返す〉（十六）のだ――。

しかし先生はいよいよ、〈それ迄躊躇していた自分の心を、一思ひに相手の胸へ擲き付けやうかと考へ出〉（三十四）す。〈私の相手といふのは御嬢さんではありません、奥さんの事です。奥さんに御嬢さんを呉れろと明白な談判を聞かうかと考へたのです。然しさう決心しながら、一日〳〵と私は断行の日を延ばして行つたのです〉(同)。しかも〈Kの来ないうちは、他《ひと》の手に乗るのが厭だといふ我慢が私を抑え付けて、一歩も動けないやうにしてゐました。Kの来た後《のち》は、もしかするとお嬢さんがKの方に意があるのではなからうかといふ疑念が絶えず私を制するやうになつたのです〉(同)。〈私はどちらの方面へ向つても進む事が出来ずに立ち竦んでゐました〉(三十五)。

そしてKの〈御嬢さんに対する切ない恋〉(三十六)の告白。先生は〈すぐ失策《しま》つた〉(同)と思い、〈先《せん》を越されたな〉(同)と思う。〈私の頭は悔恨に揺られてぐら〳〵〉(三十七)し、〈私の頭はいくら歩いてもKの事で一杯にな〉(同)るが、それは〈一つ問題をぐる〳〵廻転させる丈で、外に何の効力もな〉(三十八)い。

先生はとうとう、Kを出し抜き、お嬢さんとの結婚をその母親に申し入れる。が、そうしながら先生は自分を、〈正直な路を歩く積で、つい足を滑らした馬鹿もの〉(四十七)と罵らざるをえない。しかも先生はこのことをKに告げて詫びるか、このまま口を噤んでやり過ごすか。〈私は此間に挟まつてまた立ち竦みました〉(同)。

そしてKの死。先生は〈又あゝ失策《しま》つた〉(四十八、以下同)と思い、〈がた〳〵顫へ出〉す。しかも〈何の分別もなく〉(四十九)部屋に帰り、〈八畳の中をぐる〳〵廻り始め〉(同)る——。

こうして先生は、まさしくあのKが、〈進んで可いか退ぞいて可いか、それに迷ふのだ〉(四十一)と言い、〈たゞ苦しい〉(同)と呻いていたのと同じように、つねに〈どちらの方面へ向つても進むことが出来ず〉、だから〈途中〉で〈動く事が出来なくなつて〉、〈立ち竦〉み、あるいはそこで〈ぐる

〵廻〉り、そしてそれが〈苦しい〉と訴え続けていたのである。

《私が何の方面かへ切つて出やうと思ひ立つや否や、恐ろしい力が何処からか出て来て、私の心をぐいと握り締めて少しも動けないやうにするのです。さうして其力が私に御前は何をする資格もない男だと抑え付けるやうに云つて聞かせます。すると私は其一言で直《すぐ》ぐたりと萎れて仕舞ひます。しばらくして又立ち上がらうとすると、又締め付けられます。私は歯を食ひしばつて、何で他の邪魔をするのかと怒鳴り付けます。不可思議な力は冷かな声で笑ひます。自分で能く知つてゐる癖にと云ひます。私は又ぐたりとなります。》（五十五）

　要するに先生は、一切の行為（行動）を奪われていたのだ。

が、先生は一度も行為（行動）に出なかったわけではない。いや先生はほとんどただ一度、躊躇と逡巡の挙句、お嬢さんを手に入れるべく〈断行〉（三十四）したのだ。

　しかし先生はその唯一の行為（行動）を、後に〈「遣つたんです。遣つた後で驚ろいたんです。さうして非常に怖くなつたんです」〉（上ノ十四）と歯噛みして悔やまなければならない。

　たしかに人は、まず〈遣つ〉てしまう。そしてその後で、〈遣つ〉てしまった（〈失策《しま》つた〉）と〈驚ろ〉くのだ。しかもそうである以上、それはすでに過ぎてしまったことであり、〈もう取り返しが付かない〉（四十八）のである。*19

　だから人は、つねに今、今、今の瞬間を生きながら、またつねに〈……した〉、〈……だった〉と、過去に生きなければならない。*20 過去の想起の中に、というより悔恨と慚愧の中に——。あるいは人はそうして、つねに自らと同致しえず、また自らを主宰しえず、〈ふら〱〉（四十一、四十九、五十二）と浮遊するように生きる。[21]〈自分で自分の先が見えない人間〉（五十二）、〈自分自身さへ頼りにする事の出来ない私〉（五十四）、〈不可思議な私〉（五十六）。

そして先生は（前に触れたように）、〈私は寂寞でした。何処からも切り離されて世の中にたつた一人住んでゐるやうな気のした事も能くありました〉（五十三）と言う。その絶対的な孤独感――。つまり先生は一切から〈切り離され〉つつ、まさに自分自身からも〈切り離され〉ていたのだ。

さらに先生は、〈恐ろしい力が何処からか出て来て、私の心をぐいと握り締めて少しも動けないやうにする〉（五十五）と言っていた。〈その不可思議な恐ろしい力〉（同）。そしておそらくこれと同じことを、（そのすこし前）〈私の胸には其時分から時々恐ろしい影が閃めきました。初めはそれが偶然外から襲つて来るのです。私は驚ろきました。私はぞつとしました〉（五十四、以下同）とも言っていた。

〈然ししばらくしてゐる中に、私の心が其物凄い閃めきに応ずるやうになりました。しまひには外から来ないでも、自分の胸の底に生れた時から潜んでゐるものゝ如く思はれ出して来たのです〉。それは〈外から来〉るものではないと先生はいう。〈自分の胸の底に生れた時から潜んでゐるもの〉、とはまさに、人間が生まれながらに抱える〈ぞつと〉すべき、〈容易なら〉ぬ闇（だから、ついに人間を超えた〈不可思議な恐ろしい力〉）だったのである。[22]

先生は、〈私はたゞ人間の罪といふものを深く感じたのです〉と続ける。そして、

《其感じが私をKの墓へ毎月行かせます。其感じが私に妻の母の看護をさせます。さうして其感じが妻に優しくして遣れと私に命じます。私は其感じのために、知らない路傍の人から鞭たれたいと迄思つた事もあります。斯うした階段を段々経過して行くうちに、人に鞭たれるよりも、自分で自分を鞭つ可きだといふ気になります。自分で自分を鞭つよりも、自分で自分を殺すべきだといふ考が起ります。私は仕方がないから、死んだ気で生きて行かうと決心しました。》（五十四）

が、やがて先生は、〈自殺より外にない〉（五十五、以下同）と考え、（すでに述べたように）再三にわたり、自殺を試みたことがあるごとくである。しかし〈私だけが居なくなつた後の妻を想像して見ると如何にも不憫でした〉と先生はいう。〈私はいつも躊躇しました。妻の顔を見て、止して可かつたと思ふ事もありました〉。

そして先生は〈記憶して下さい。私は斯んな風に生きて来たのです〉という。最初にもいったように、先生はここまで来ても[*23]、とは死を目睫の間にしながら、なおこうして、〈斯んな風に生きて来た〉と、〈生きて〉あることを語り続けるのであり、語り続けるしかない。

*16　〈あなたは私の過去を絵巻物のやうに、あなたの前に展開して呉れと逼つた〉（二）。

*17　ただ先生は、〈私は是より以上に、もつと大事なものを控えてゐるのです。私のペンは早くから其所へ辿りつきたがつてゐるのを、漸《やつ》との事で抑え付けてゐる位です〉（八）といっている。もとよりそれはKのこと、静との不幸な結婚生活のことであろうが、あるいはそれは、そうして語りうる過去それ自体をこえて、〈自分の胸の底に生れた時から潜んでゐるも

の〉（五十四）、その〈不可思議な恐ろしい力〉（五十五）のことであったのかもしれない。

*18　これらはKについて言った言葉だが、断るまでもなく、先生についても度々繰り返されている。

*19　いわば意識下のものが意識上に顕れたとしても、それが顕れたと知るのは、つねに顕れた後なのだ。〈もし誰か私の傍へ来て、御前は卑怯だと一言私語《さゝや》いて呉れるものがあつたなら、私は其瞬間に、はつと我に立ち帰つたかも知れません〉（四十二）。なおこのことは拙著『芥川龍之介　文学空間』（翰林書房、平成十五年九月）、『獨歩と漱石―汎神論の地平―』（同、平成十七年十一月）で繰り返し述べた。

*20　その意味で、先生が奥さん（母親）に静との結婚を申し入れた直後、〈長い散歩〉（四十六、以下同）に出た時、〈私は此長い散歩の間殆んどKの事を考へなかつたのです〉と言い、〈今其時の私を回顧して、何故だと自分に聞いて見ても一向分りません。たゞ不思議に思ふ丈です〉と言っているのは興味深い。先生はその後、それを〈良心〉や〈自然〉という言葉と結びつけ、それが〈悲しい事に永久に復活しなかつた〉と言っているが、要するに先生は〈長い散歩の間〉、〈考へ〉たであろうKのことを後から想い起こそうとして、想い起こせなかっただけである。言うまでもなく、人はもう忘却してしまったことを想起することはできない。

*21　おそらくこのことと関連しているであろう、漱石は「点頭録」（大正五年一月）の中で次のように言っている。〈また正月が来た。振り返ると過去が丸で夢のやうに見える。何時の間に斯う年齢《とし》を取つたものか不思議な位である〉。〈此感じをもう少し強めると、過去は夢としてさへ存在しなくなる。全くの無になつてしまふ。実際近頃の私は時々たゞの無として自

分の過去を観ずる事がしば〱ある。いつぞや上野へ展覧会を見に行つた時、公園の森の下を歩きながら、自分は或目的をもつて先刻《さつき》から足を運ばせてゐるにも拘はらず、未だ曾て一寸も動いてゐないのだと考へたりした。是は耄碌の結果ではない。宅を出て、電車に乗つて、山下で降りて、それから靴で大地の上をしかと踏んだといふ記憶を慥かに有《も》つた上の感じなのである。自分は其時終日行いて未だ曾て行かずといふ句が何処かにあるやうな気がした。さうして其句の意味は斯ういふ心持を表現したものではなかろうかとさへ思つた〉。〈これをもつと六づかしい哲学的な言葉で云ふと、畢竟ずるに過去は一の仮象に過ぎないといふ事にもなる。金剛経にある過去心は不可得なりといふ意義にも通ずるかも知れない。さうして当来の念々は悉く刹那の現在からすぐ過去に流れ込むものであるから、又瞬刻の現在から何等の段落なしに未来を生み出すものであるから、過去に就て云ひ得べき事は現在に就ても言ひ得べき道理であり、また未来に就いても下し得べき理窟であるとすると、一生は終に夢よりも不確実なものになつてしまはなければならない〉。なおこのことについて、『獨歩と漱石―汎神論の地平―』で詳述した。

＊22　柄谷行人氏は「行人」や「こゝろ」を論じ、〈むしろわれわれは、自意識や他者との倫理的葛藤を主題とした（とみなされている）これらの長篇小説を、裏側からすなわち存在論的な側面から読みなおしてみる必要がある〉と言っている（「意識と自然」『畏怖する人間』冬樹社、昭和四十七年二月）。

＊23　すでに遺書は、最後の一章を余す所まで来ている。

そして遺書は、次の（周知の）一節となる。

《すると夏の暑い盛りに明治天皇が崩御になりました。其時私は明治の精神が天皇に始まつて天皇に終つたやうな気がしました。最も強く明治の影響を受けた私どもが、其後に生き残つてゐるのは必竟時勢遅れだといふ感じが烈しく私の胸を打ちました。私は明白《あから》さまに妻にさう云ひました。妻は笑つて取り合ひませんでしたが、何を思つたものか、突然私に、では殉死でもしたら可からうと調戯《からか》ひました。》（五十五）

妻からその〈殉死〉というほとんど忘れかけていた言葉を聞いて、先生はふと〈もし自分が殉死するならば、明治の精神に殉死する積だ〉（五十六）と答える。その答えも〈無論笑談に過ぎなかつた〉（同）が、しかしそう言ってみて、〈何だか古い不要な言葉に新らしい意義を盛り得たやうな心持がした〉（同）と先生はいう。そして一ヶ月少し後の大葬の夜、乃木将軍が実際に〈殉死〉する。〈それから二三日して、私はとう〱自殺する決心をしたのです〉（同）――。

あるいはそうして、先生は、自らの死を一挙に必然化したといえようか。だが、一切は仮定の話（〈もし自分が殉死するならば〉）であり、さらに〈笑談に過ぎなかつた〉とか〈やうな心持がした〉という言い方に留意しなければならない。

明治天皇の死後、生き残っていることが〈時勢遅れ〉だと感じたのは、なにも先生ばかりではない。乃木将軍も、そして〈私〉の父親も――。おそらく先生のそうした感慨は、先生が彼等と同じように、

〈時勢〉とともに、とは人とともに生きたいと望んできた何よりの証しではなかったか。そして、そうだとすれば、先生が〈もし自分が殉死するならば、明治の精神に殉死する積だ〉というのは、すでに〈遅れ〉てしまったものとはいえ、先生がまさに〈時勢〉に、とは人々がともにそこにおいて生きてきた（とされる）〈精神〉に〈殉〉ずることで、人とともに生きるべき本来の生を貫き通したいと言っているわけだろう。

しかし、繰り返すまでもなく、一切はやはり仮定の話なのだ。が、もし先生が実際に〈殉死〉したとして、〈何処からも切り離されて〉（五十三）生きてきた先生に、さらに自分自身からも〈切り離されて〉生きてきた先生に、人々がともにそれにおいて生きてきた（とされる）〈精神〉に、はたして〈殉〉ずることができたろうか。いや先生には、すでに死を賭して守るべき、なにものもなかったというべきではないか[*24]。

先生は乃木将軍の遺書を読み返し、〈乃木さんは此三十五年の間死なう〳〵と思つて、死ぬ機会を待つてゐたらしい〉（五十六）と言う。なるほどKや先生と同じように、乃木将軍も〈死に遅れた人間〉にちがいない。しかし乃木将軍が〈死ぬ機会を待つてゐた〉のは、有体にいえば、天皇への忠誠をいつか証明するためであり、かくして、人とともに生きてきたその生を貫き通すことであったのである（少くとも及木将軍は、そう自らに信じていたのではないか）。

だから先生は、〈それから二三日して、私はとう〳〵自殺する決心をした〉（五十六）と断言しながら〈乃木さんの死んだ理由が能く解らない〉（同）と告白せざるをえないのである。いわば先生は、自分が死ぬとしても〈乃木さん〉のようには死なないことに、と言うより、死ねないことに、つまり〈乃木さん〉の死と自分の死が、まったく別ものであろうことに、なんらかの形で言及せざるをえなかったのではないか。

《それから二三日して、私はとう〱自殺する決心をしたのです。私に乃木さんの死んだ理由が能く解らないやうに、貴方にも私の自殺する訳が明らかに呑み込めないかも知れませんが、もし左右《さう》だとすると、それは時勢の推移から来る人間の相違だから仕方がありません。或は箇人の有つて生れた性格の相違と云つた方が確かも知れません。》(五十六)

要するに先生は、再び自らの死の前に〈たつた一人で〉佇立する。もちろん〈乃木さん〉の死とも異なり、さらに誰にも〈明らかに呑み込めないかも知れ〉ない死を前に——。

〈私は私の出来る限り此不可思議な私といふものを、貴方に解らせるやうに、今迄の叙述で己れを尽した積〉(同)と先生は続ける。しかし、〈時勢の推移から来る人間の相違〉、あるいは〈箇人の有つて生れた性格の相違〉で越えられない(と先生はいう)人間の懸隔を、どうして先生が、先生だけが越えることができるのか。先生の〈叙述〉に、ようやく曖昧な箇所が目立ってくると言わざるをえない。

さて、先生の遺書は、ここで冒頭に引用した一節に帰る。〈半ば以上は自分自身の要求に動かされた結果〉、とは死への必然を、もっぱら自分自身に〈判然《はっきり》描き出す〉ために、先生は書いてきた。そして先生は、〈然し私は其要求を果しました。もう何《なん》にもする事はありません〉(五十六)と言う。しかし先生は、ここでも重大なことに気づいていない。先生に、本当に〈もう何にもする事〉はないのか。いや先生には、これから真に死ぬことが、さらにそれゆえに可能な、死への必然を書くことが残されているのだ。

＊24 江藤淳氏は〈明治天皇の崩御と乃木大将の殉死という二大事件のあとで、彼は突然、いわゆる「明治の精神」が、彼の内部で全く死に絶えてはいなかったことを悟らねばならなかった。今、あの偉大な時代の全価値体系の影が、漱石の暗い、苦悩に充ちた過去から浮びあがり、かつて愛した者の幽霊のように漱石に微笑みかけていた。幽霊は、あるいはこういったかも知れない〉、〈「われに来たれ」〉、〈漱石は肯いた。彼は、自分の一部が、おそらくは小説の主人公のかたちで、「明治の精神」に殉じられることを知ったのである。こうして、漱石は、彼が伝統的倫理の側に立つものであることを明示するために、「こゝろ」を書きはじめた〉（「明治の一知識人」（前出））と言っている。が、では先生は今まで、一体なんのために苦しんできたのか。〈他に愛想を尽かし〉（五十二）、〈自分にも愛想を尽かして動けなくなった〉（同）先生。いわば自分を律する〈全価値体系〉を失ってしまったからこそ先生は苦しんでいたのではないか。その同じ〈価値体系〉によって問題がすべて解決されるというのでは、なんだか狐につままれたような話といわなければならない。

そして最後、先生は再び妻のことに触れる。

《私は私の過去を善悪ともに他《ひと》の参考に供する積です。然し妻だけはたつた一人の例外だと承知して下さい。私は妻には何にも知らせたくないのです。妻が己れの過去に対してもつ記憶を、成るべく純白に保存して置いて遣りたいのが私の唯一の希望なのですから、私が死んだ後でも、妻が生きてゐる以上は、あなた限りに打ち明けられた私の秘密として、凡てを腹の中に仕舞つて置いて下さい。》（五十六）

すでに述べたように、先生は度々妻に〈打ち明け〉ようとして〈打ち明け〉ることが出来なかった。〈私はたゞ妻の記憶に暗黒な一点を印《いん》するに忍びなかつたから打ち明けなかつたのです。純白なものに一雫の印気でも容赦なく振り掛けるのは、私にとつて大変な苦痛だつたのだと解釈して下さい〉（五十二）——。

もとより先生は、単に〈打算〉（同）や〈己を飾る気〉（同）でそう言っているのではない。ただ先生は、自らの心の闇、あの〈ぞつと〉すべき得体の知れぬ闇に抗し切れず、そしてそれゆえに自分がこの世の幸せを拒否してゆく一部始終を、妻に知らせたくはなかったのである。[*25]

なぜなら先生は、やはり妻を愛していたからではないか。（もとより前に、〈先生は、妻を愛しつつ、同時に妻を愛せなくなっていた〉と言った。しかし先生には、その〈何方《どっち》も真実であつた〉（十五）のだ。）

が、そうだとすれば、先生はいまだまさに〈進んで可いか退ぞいて可いか〉、〈自分で自分が分ら〉ぬままに、道の途中に佇んでいるのだ。しかも先生の遺書は、そうして依然先生が、生のこちら側を歩み続けるしかないことを、決して死のむこう側に行き着けないことを、そうした人間の運命を語っているのである。

＊25　繰り返し言うまでもなく、先生は自分のように、静に〈地獄〉を見せたくなかったのだ。あるいは自分を取り巻く地獄の闇が、静を呑み込むのを怖れたといっていい。しかしそんなにも静への思いを残しながら、先生はなぜ自殺してしまったのか。あるいは先生の言葉をなぞれば、先生の〈自然〉（四十九、以下同）が、〈平生の〉先生を〈出し抜いてふら〳〵と〉、だから先生の意志とは関りなく、死への扉を〈開《ひら》かした〉のかもしれない。

日記より

十二月二日。昼から雨。

二時、部屋を出る。メトロをジュスィユーで下車。地上に出ると直ぐ目の前にパリ第七大学の灰色の校舎が迫る。所狭しと駐車してあるバイクの間を縫って道路を渡る。雨は小降りだが、雪が降ったと見えて足元が滑る。すでに二度程来ているので、迷わず日本文学科の研究室に行き着く。——以前から漱石の『こゝろ』について学生達に話をするように頼まれていたのである。初めて来た時にも藤村の『破戒』を飛び入りで話したことがあるので、別に不安はない。

部屋にはすでにB女史が来ていた。小柄な中年の日本女性で、こちらに来てフランス人と結婚し、この大学には日本語の教師として入り、いまでは日本の近代文学も教えているとか。人は良さそうだが、長くフランスにいるこういう人にありがちなある種の臭味も感じられる。「暖房がきかないの。少し寒いかも知れませんよ」と言う。

やがて主任のP女史も来る。長身で独身のフランス女性で、四十を過ぎたばかりのようだが、日本語はもとより知識も驚くほど深く、すでに第一人者の風格が身に備わっている。少時雑談して、三時に教室に入る。

学生は十五人程で女性が多い。中には日本語がまだ十分でない人もいるとか。しかしP女史が『こゝろ』のあらすじを紹介しようとすると、一同もうすでに翻訳で読んでいるという。他に日本女性でフランス国立図書館に勤めるKさん、早大語研のIさん等の顔も見えた。

話は、「先生」が生きることの淋しさに耐え切れずに、あまりにも性急に自己所決に赴いたことに対し、淋しさを感じながら、しかし周囲の自然に溶け込みつつ、じっと耐えてゆく「私」の父や母の像に、ごくごく普通の日本人の生きてゆく姿が描かれているというもの。いわば日本人の自然観、あるいは自然思想とでもいうべきものを私は語りたかったのである。

一時間半ほどで話し終わる。少時質疑の後、残った人達皆で大学前のカフェに入る。地下になっていて、薄暗い奥のテーブルにつくと、P女史、B女史の他に、Kさん、Iさん。それに学生が四、五人、いずれも女性であった。

一同好きなものを注文する。しかし注文の品を待つ間ももどかしいというふうに、ある学生（すでに初老の女性である。学生といっても年配の人が多い）が、ややたどたどしい日本語ながら、「罪と業の違いについて」説明を求めて来た。のっけから大変な質問だが、しかし日本文学を学ぼうとするフランス人にとって、やはりその辺が一番確かめておきたいところだろうという感じもする。

「『こゝろ』のフランス語訳は、少々キリスト教的に解釈されすぎているようです」と、P女史が横から言い添えてくれる。それで「少なくとも『こゝろ』の『先生』の苦しみというのは、『罪』というより『業』といった方がいいんじゃないですか」と答え、「『空しさ』とか『淋しさ』といってもいい」とつけ加えた。すると件の女性、「その『淋しさ』って、なんですか」と訊いてくる。私は少々困って、「『淋しい』とは『淋しい』、生きている事が『淋しい』というしかないんですが」と答え、また「日本人なら解るんだが……」と口籠もる。すると今度はP女史が、「それが私にとっても大変不思議でした」と言葉を挟んだ。

「一人旅が好きでしてね。日本に行った時もよく田舎を一人で回るんです。それで宿に着いて部屋に入るとまず女中さんが来ますよね。すると必ず『お一人でお淋しくないですか』って訊くんですよ。それ私達にとって非常に奇妙で、『お節介ね』って感じがするんです」

そして、「ヨーロッパでは自分さえちゃんとしていれば、淋しくなんかないんです」と言う。P女史の、ほとんど毅然とした口調に、私は思わず「ホーッ」と嘆声をあげて口を閉じた。

「自分さえちゃんとしていれば」とは、おそらく「神の前に疚《やま》しくなければ」という意味なのだろうか。しかし我々日本人に「神」はいない。が、にもかかわらず我々が現に「淋しい」とすれば、それは我々が生きてあること、すでにそのことが「疚しい」からではないか……。一瞬そんな感慨が脳裏を掠め、私はしばし沈黙せざるをえなかった。

「でも、日本人でも『淋しい、淋しい』っていうのは、男の人達だけですよね」と、今度はKさんが意見を述べた。Kさんはそれだけ言うと、もう話には関係ないというように、注文のカフェ・オレを啜っていた。単身フランスに渡り、苦学十数年、日本人として初めてフランス国立図書館の司書の職を得たこの女性の芯の強さを思いながら、しかしそれにしても、これもまた至言ではないかと私は心に留めた。

それからIさんが、しきりに「日本人の原罪観の稀薄さ」ということを批判した。しかし私にはむしろその意見は空々しいものに聞こえた。私は、「神に救われる原罪よりも、永劫に救われない業の方が厳しいのではないか」と言おうとしたが、そんな比較もまた空々しいものに思えて口を噤んだ。

話はいつか藤村の『新生』について交されていた。私が今回藤村の足跡を尋ねてフランスに来たということを、P女史が皆に紹介したからであった。しかしB女史が、

「でも、なぜ藤村なんか研究するんですか」と尋ねて来た。

「なぜって、好きなんでしょうね」

「でも、なぜ藤村なんか好きなんでしょうね、判らないわ」

私はどうしても波長の合わない人がいるものだと思って、またしても口を噤まざるをえなかった。

B女史は学生達に、『新生』の内容を説明していた。姪と関係を結び子供を生ませたこと、一人でフランスに逃げて来たこと、帰ってからまた関係を結んだこと、それまでのことを小説に書いてそのあげく姪を棄てたこと等々、黙って聞いていれば藤村に不利になることばかりが、不利になるようにばかり学生達に告げられていた。

聞かされた学生達は、一様に非難のまなざしで私を見た。そのまなざしを、なにか日本男性の代表として受けなければならないことに、私はいささか困惑した。

「だいたい日本の男性は女性を一人の人格として扱っていないのよ」と、これは持論らしくB女史が声を高めた。

「『こゝろ』の『先生』と『奥さん』だってそうでしょ。乃木大将と奥さんの間もそうなのよ。ヨーロッパの男性みたいに、女性を一人の人格として愛することを知らないのよ」

そして、「だから私、フランス人と結婚したのよ」と、訊かれもしないことを一人言ってB女史は

愉快そうに笑った。私もB女史の愛にみたされた結婚生活を祝福すべく、笑いを、――なんとなくホロ苦い笑いを返すしかなかった。

すでに六時を過ぎていた。皆はカフェを出て路上に立った。

「今まで日本から来て話していただいたお話の中で、最も感銘的でした」とP女史が言った。

お世辞にもせよ、そう言ってもらって私は嬉しかった。

「本当に面白く拝聴しました。でも結論はがっかりしましたわ。途中は本当に理路整然として説得的でしたのに」と、これはB女史。

「でも小説は結論ではありませんから」と、P女史が執り成すように言い添えてくれた。――

メトロのホームで、先程の学生の一人に会った。まだ十分日本語が話せない。しかし御主人が外交官だそうで、いつか日本に行きたいという。住所と電話番号を教えて別れた。

十二月三日。雨のち曇、晴間あり。

終日部屋にいる。時々窓の外を眺める。マロニエの枯枝が雨に濡れて黒々と艶やかに見える。建物も雨に濡れて、しっとりと落着いて見える。

昨日のことを考える。「『淋しい、淋しい』って言うのは、男の人達だけですよね」というKさんの言葉が蘇ってくる。では、「女は淋しくはないのか」――。

『こゝろ』の「奥さん」の言葉が思い出される。

「議論はいやよ。よく男の方は議論だけなさるのね、面白さうに」

むろん男は酔興に「議論」をしているのではない。ただそうして、「淋しさ」を紛らわしているのかもしれない。

「奥さん」がなにも気づいていないのはたしかだ。二人の男の間にあって、あれだけの媚態を尽くしながら、そしてその結果二人の男を狂わせてしまいながら、「奥さん」はそのことに気づいていない。その「奥さん」の無知には、漱石の女に対する密かな憎悪さえあるかのようだ。

だが「奥さん」を責めることは出来ない。それこそ「先生」は、策略を尽くして「奥さん」を手に入れたのだ。だから無論、「先生」は気づいていたわけなのだ。

「奥さん」と「先生」に違いがあるとすれば、まさにその差であったといえよう。

だが「奥さん」は知らないから幸福なのか。もとより「奥さん」は自分の罪に気づいていない。しかし「奥さん」は、罰だけは十分受けているといわなければならない。「奥さん」は支え切れぬような不安にジッと耐えているではないか。とすれば「奥さん」は、いわばそのように、生きてあること自体の不幸を感じつづけているのだ。

一方、「先生」は知っているから不幸なのか。たしかに「先生」は自分の罪に気づいている。しかし一体その罪に気づくとはどういうことなのか。

実際、「先生」は友人を死に至らしめることを予期することもできなければ、女によって自分達が狂ってしまっていることを自覚することもできなかった。もとより一切は人を愛した結果といってよい。しかしその愛が自分の罪の原因となることに「先生」は気づくことができなかったのである。とすれば、「先生」は知っているとしても、すべては後から知ったにすぎないのではないか。あるいは、知らなかったということを知ったにすぎないのではないか。

だから、「先生」は知っているから不幸なのではないのだ。知ったとしてもすでにどうしようもなく生きている。つまりは「先生」も、そのように、ただ生きてあること自体の不幸に向きあっているだけなのだ。

すると、「先生」と「奥さん」の差などないということになる。結局人間はなんにも知らず、だからなんにも知らないという形で自分を超えているものを、いわば「自分の胸の底に生れた時から潜んでゐるもの」を、そして時々その「恐ろしい影が閃め」くのを感じながら、ただそれに向きあい、それが自分の中で「死ぬまで続く」のを堪《こら》えるしかないのではないか。

それは丁度、空漠たる闇に包まれた巣の中で、なにか迫り来る恐怖に、じっと耐えているように目を大きく見開いている一番《ひとつがい》の鳥や獣のようだ。もとより彼等はなにも知らない。が、なにかに脅え、しかもそれを堪えているのではないか。

要するに、彼等もまた、ただ生かされているといえよう。いわば存在すること自体の不幸、そして恐怖を生かされている――。

だが「先生」は、「先生」だけは、その残酷なまでの「淋しさ」、寒いほどの「淋しさ」に向かいあい、それに耐えつづけることが出来なかったのだ。

十二月四日。曇、夕刻一時晴間あり。

思い立って、サン・トノレ通りの日本書籍店ジュンクに行き、『こゝろ』の文庫本を買う。どうしても読みたい所があったからで。寒々とした石の街の上に、雲が流れる。白、藍、灰、紫、等々色々の雲が乱れ飛び、その間にポッと青い空が見える。帰って終日読書。

――「父は傍《はた》のものを辛くする程の苦痛を何処にも感じてゐなかつた。其点になると看病は寧ろ楽であつた。要心のために、誰か一人位づゝ代る〳〵起きてはゐたが、あとのものは相当の時間に各自《めい〳〵》の寐床へ引き取つて差支なかつた。何かの拍子で眠れなかつた時、病人の唸るやうな声を微かに聞いたと思ひ誤まつた私は、一遍半夜《よなか》に床を抜け出して、念のため父の枕元迄行つて見た事があつた。其夜は母が起きてゐる番に当つてゐた。然し其母は父の横に肱を曲げて枕としたなり寐入つてゐた。父も深い眠りの裏《うち》にそつと置かれた人のやうに静にしてゐた。私は忍び足で又自分の寐床へ帰つた。」

(『こゝろ』「両親と私」十四)

暗い夜の向こうから、「死」がひたひたと近づいてくる。数十年連れ添ってきた男と女が、たしかに枕を並べながら、しかし結局一人一人の孤独な眠りの中で、身じろぎもせずじっと「死」を待ち構えている。

いや、むしろ二人はもうとっくに「死」に追いこされ、とは、もうとっくに死んでいて、墓の下にそっと横たわっているのかもしれない。

しかも彼等は、そのように間近く「死」と向かいあいながら、なにも知らないかのように、だから一層、死ぬことの純粋性に身を委ねているかのようだ——。

あとがき

以上、「こゝろ」について今まで書いたものを集成した。初出等は以下のごとくである。

「父親の死」――原題は「『こゝろ』―父親の死―」。「別冊国文学」第五号（昭和五十五年二月）に発表。のち『鷗外と漱石―終りない言葉―』（三弥井書店、昭和六十一年十一月）に所収。今回本書に再録した。私の書いた種々の論の中で、もっとも愛着のあるものの一つである。

この論が雑誌に掲載されてほどなく、私は最初の在外研究でパリに赴いた。

また『鷗外と漱石―終りない言葉―』は私の最初の論集で、のち三好行雄氏より書評（「国文学研究」第九十四集、昭和六十三年三月）を書いていただいた。中に〈「自殺によって終わりを希望し、しかもある真理の端緒として蘇ろうとしている」先生の混濁を指摘する氏は、それを自殺そのものの混濁に帰して、つぎのように注記する。――〈己れが己れを殺す〉という行為は、〈己れを殺す〉という形で否定するものを、〈己れが殺す〉という形で肯定しなければならないのだから、と。しかし、氏のいう主体の否定と肯定の矛盾は、己れを殺すという形でしか証明できない自己肯定の論理がありうるという主張までもくつがえさない。さもなければ、われわれはある種の自裁者の心理――殉死や諫死の行為を正確に理解することは不可能になるだろう〉という一節があったが、しかし私は今なお、〈殉死や諫死〉をも含め、〈自殺〉を〈正確に理解することは不可能〉であると考えている（さらに

〈自然死〉すらも、というより〈死〉そのものを――）。

なお拙著『島崎藤村――「春」前後――』（審美社、平成九年五月）のあとがきにも記したが、この書評の御執筆は、すでに氏の病いも篤い時のことであったようだ。あらためてその御厚情に感謝申し上げる。

「静の心、その他」――原題は「『こゝろ』再論――静の心、その他――」。早稲田大学「感性文化研究所紀要」第四号（平成二十年四月）に発表。「父親の死」と重なる所があるが、ただ静の心、そして〈私〉（青年）の心に多く触れることができたと思っている。

「先生の遺書」――原題は「『こゝろ』――先生の遺書――」。「繍」第四号（平成三年十二月）に発表。「静の心、その他」の注にも記したが、「繍」のこの号には、私もゲストで参加した早大大学院生の長大な座談会が組まれている。編集後記にもあるように、座談会はこの年の二月に行われ、その後私はこの論を書き上げて慌しく、二度目の在外研究に向けてパリへ発った。そんなわけで推敲も十分出来ず、終始気にかかっていたが、この度ようやく所々を書き直すことが出来た。その際、座談会を読み返したが、あらためて多くのすぐれた発言に接し、種々参照させてもらった。なお座談会の参加者は私の他に、東典幸、榎本隆之、小菅健一、篠崎美生子、高見研一、寺田健一、十重田裕一、畑中基紀（司会）、原仁司、和田敦彦の諸氏である。

「日記より」――拙著『パリ紀行――藤村の『新生』の地を訪ねて――』（審美社、平成元年十二月）所収の「パリ十二景」から、この度本書に再録した。

第一回目のパリ滞在の折、ジャクリーヌ・ピジョー女史の招きで、パリ第七大学の教室で話をした時のことを書いたものである。読み返していると、冬のパリのドンヨリとした曇り空が懐しく蘇ってくる。

なお論文とは異なるので、表記（カッコその他）は変えず、原文のままにした。

引用本文は岩波書店版全集（昭和四十一年五月）による。原則として漢字は新字体を用い、ルビは一部を残して省略した。

装釘は此度も林佳恵氏にお願いした。校正は辻吉祥氏と田野新一氏の助力を得た。あわせて謝意を表したい。

最後に、本書の出版を今回もまた翰林書房にお願いした。種々の御配慮をいただいた社長今井肇、静江御夫妻に厚く御礼申し上げる。

平成二十年十二月二十日

佐々木雅發

【著者略歴】
佐々木雅發（ささき　まさのぶ）
昭和15年東京生まれ。早稲田大学文学部卒。同大学大学院博士課程修了。現在同大学文学部教授。博士（文学）。
著書に『鷗外と漱石—終りない言葉—』（三弥井書店）、『パリ紀行—藤村の「新生」の地を訪ねて—』（審美社）、『熟年夫婦パリに住む—マルシェの見える部屋から—』（TOTO出版）、『島崎藤村—「春」前後—』（審美社）、『画文集　パリ土産』（里山房）、『芥川龍之介　文学空間』『獨歩と漱石—汎神論の地平—』（翰林書房）、『静子との日々』（審美社）。

漱石の『こゝろ』を読む

発行日	2009年4月10日　初版第一刷
著　者	佐々木雅發
発行人	今井 肇
発行所	翰林書房
	〒101-0051 東京都千代田区神田神保町1-14
	電 話 (03)3294-0588
	FAX (03)3294-0278
	http://www.kanrin.co.jp/
	Eメール● Kanrin@nifty.com
印刷・製本	シナノ

落丁・乱丁本はお取替えいたします

ISBN978-4-87737-276-7

佐々木雅發［著］

芥川龍之介　文学空間

A5判・五二〇頁・四〇〇〇円

大殿によって娘を〈地獄〉に落とされた良秀、さらにそのことによって自らをも〈地獄〉に落とされた良秀、しかもそうされながらどうすることもできない良秀にとって、まだ可能なことはただひとつ、その〈地獄〉に落とされた自分達の運命を、逆に自らのものとして欲すること、つまり自ら〈地獄〉の涯しない涯にまで落ち、そこにおいて真に死なんとすること、かくして自分達の運命を、自らが作り出すものに変えることをこそ願うことであるのだ。（「地獄変」幻想）

過去の〈体験〉があれば、語ることが可能なのではない。語ることによって、とは言葉と文脈によって、はじめて過去の〈体験〉は過去の〈体験〉として蘇る。過去とは、まさにそのように、薄弱としてはかない存在ではないか。（「お律と子等と」私論）

〈「あれは極楽も地獄も知らぬ、腑甲斐ない女の魂でござる」〉と法師は言う。姫君が生きていた時とまったく同じように、虚空を一人ただよっているとすれば、たしかに彼女は極楽ばかりか地獄をも知らずに、とはつまり、この現世、この穢土しか知らずに、だから永劫に〈無明の闇〉にとどまりつづけなければならぬ〈腑甲斐ない女〉でしかないと法師は言うのだ。（「六の宮の姫君」説話）

保吉は、〈「顔を出したのが見えたんだもの」〉と主張してやまない。とはつまり、保吉はそのことを覚えている（記憶）のであり、〈思ひ出してゐる〉（想起）のである。要するに、目には見えないが、目を瞑れば見えるのである。ということは、頭の中で思っている（思考）のであり、さらにいえば、言葉と文脈において〈想起〉している、あるいは言葉と文脈においてしか〈想起〉できないのだ。（「少年」箚記）

四六判・三六六頁・三〇〇〇円

獨歩と漱石――汎神論の地平

國木田獨歩「武蔵野」を読む―まず二、三章をめぐって―／「武蔵野」を読む―六章をめぐって―／「忘れえぬ人々」―〈天地悠々の感、人間存在の不思議の念〉―／「牛肉と馬鈴薯」その他―〈要するに悉、逝けるなり！〉―／「窮死」前後―最後の獨歩―

田山花袋『野の花』論争―〈大自然の主観〉をめぐって―／「重右衛門の最後」へ―花袋とモーパッサン、その他―

正宗白鳥「五月幟」の系譜―白鳥の主軸―　**夏目漱石**「草枕」―〈雲の様な自由と、水の如き自然〉―／「夢十夜」―〈想起〉ということ―　**梶井基次郎**「ある心の風景」その他―〈知覚〉と〈想起〉―

獨歩はほとんど究極のことを言っている。〈死〉は不可避である。そして人はそのことを知っている。が、それだけのことである。知っているとどれほど〈言葉〉を費やそうと、現にそうして（生きて）いる以上、〈死〉に至り着いているわけではない。まさしく〈一度死んで見なければ〉、〈死〉をとらえたことにも、経験したことにもならないのだ。とすれば、〈死〉はついに不可能ではないか。（「窮死」前後）

〈こんな夢を見た〉というからには、以下は昨夜の夢を今朝憶い出している、さらに一般化して言えば、以前の夢を今憶い出しているということであろう。しかもどちらにしろ、今は目覚めていて、始めああしてそれからこうなった、とその夢を言語的に〈想起〉している、とは言語的に確認し、確定しているのだ。／いや、ぼんやりと、あるいはまざまざと記憶している、それが今再現され、再体験されているのだと常識はいうだろう。しかしそれは常識の嘘でしかない。それを証拠に、それはいかに目を凝らしても見えてこないし、いかに耳を澄ましても聞こえてこない。見えるように、聞こえるように、とはいま再び〈知覚〉しているように思う（思考）のであり、要するにそう言語的に〈想起〉しているのである。／つまり再度〈知覚〉（見たり聞いたり）されるのではなく、〈……であった〉〈……した〉という過去形の言葉によって、はじめて経験されるのである。そしてこの意味で、過去とは過去物語であり、夢とは夢物語なのである。（「夢十夜」）

佐々木雅發［著］

翰林書房